로또부터 장군까지 7

2023년 11월 20일 초판 1쇄 인쇄
2023년 11월 23일 초판 1쇄 발행

지은이 게르만
발행인 강준규

기획 이기헌 왕소현 임동관 박경무 강민구 조익현
책임편집 오영란
마케팅지원 이원선

발행처 (주)로크미디어
출판등록 2003년 3월 24일
주소 서울시 마포구 마포대로 45 일진빌딩 6층
Tel (02)3273-5135 Fax (02)3273-5134
홈페이지 rokmedia.com E-mail rokmedia@empas.com

값 9,000원

ISBN 979-11-408-1205-9 (7권)
ISBN 979-11-408-1132-8 04810 (세트)

ROK
MEDIA
로크미디어

로또부터
장군까지

게르만 현대 판타지 장편소설 **7**

CONTENTS

Chapter 1	7
Chapter 2	69
Chapter 3	129
Chapter 4	191
Chapter 5	253

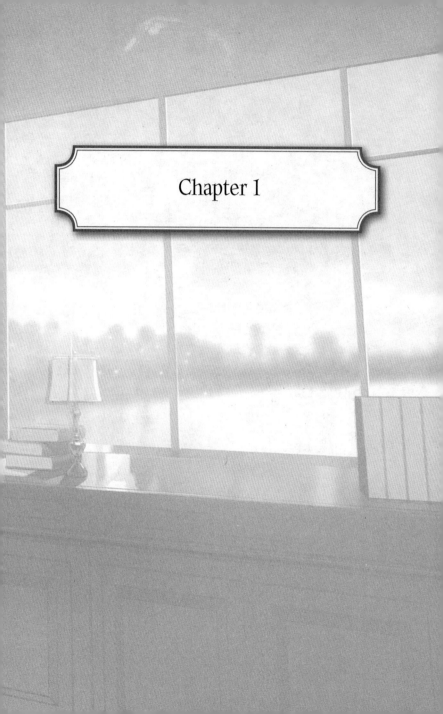

Chapter 1

이영훈은 할 말이 없었다.

박희재가 의견을 가져오라고 하긴 했지만 이미 발의된 의견이 도서관이었고 이건 누가 봐도 1중대 보고 도서관을 지으라는 말이 맞았으니까.

대한은 지그시 눈을 감았다.

'설마 애 둘 합격한 거에 자극받아서 도서관을 지으라고 할 줄이야.'

물론 자신 없는 건 아니었다.

도서관 짓기는 대한이 대대 인사과장 시절에 이미 한번 해봤던 일이었으니까.

그런 의미에서 솔직히 말하면 이 프로젝트는 나중에 하려고 했다.

'이것 하나로 전군의 인정을 받을 자신이 있었으니까.'

도서관 짓기 같은 대형 프로젝트는 장기 선발 직전 작전사에 눈도장을 찍을 좋은 기회였다.

하지만 대한이 소대원을 검정고시에 합격시킴으로 인해 시기가 많이 앞당겨졌고.

'아쉽다. 내가 그 자리에 있었으면 최대한 미뤄 보는 건데.'

미루는 게 불가능하다면 다른 중대가 맡아서 하는 것도 좋은 방법이었다.

경험이 없기에 제대로 못 할 게 분명했고 대한이 나중에 리뉴얼해 버리면 인정받기 딱 좋은 그림이 나올 테니까.

그런데 그 와중에 이영훈이 덜컥 임무를 받아 와 버렸다.

골치였다.

'박희재 이 양반은 명절에도 가만히 있으면서 갑자기 왜 이런……'

물론 지휘관의 입장에서 병사들을 생각한다면 면학 분위기를 조성해 주는 게 맞긴 했다.

다만 간부들이 힘들어서 문제지.

대한은 속으로 한숨을 내쉬며 이 사실을 받아들이기로 했다.

'그래. 어찌 보면 다 내가 자초한 일이지. 이영훈이 무슨 죄냐.'

그저 유능한 부하를 둔 죄밖에 없을 터.

대한이 말했다.

"그래서…… 생각해 두신 계획은 있으십니까?"

"아니, 없지. 이제부터 그걸 생각해 보려고 회의를 연 거고. 그래서 말인데 대한아…… 뭐 아이디어 없냐?"

그 말에 모두의 시선이 대한에게로 모였다.

다들 눈빛에 기대가 담겨 있었다.

짧은 기간이었지만 대한은 여지껏 많은 걸 보여 주었으니까.

대한은 차마 그 눈빛을 못 본 척 할 수가 없었다.

그렇기에 속으로 한숨을 내쉰 뒤 말했다.

"이거 언제까지 완성해야 하는 겁니까?"

"그건 정확히 말씀 안 해 주셨는데 대대장님께서 얼른 병력들이 도서관에 앉아 공부하는 모습을 보고 싶다고 하시더라."

심지어 기간도 없네.

말인즉 최대한 빨리 하라는 거였다.

대한은 머릿속에 부대 일정을 떠올리며 시간 계산을 마친 뒤 대답했다.

"이거 그럼 혹시 제가 지휘해도 됩니까?"

"어휴, 당연히 되지. 사실 대대장님도 널 염두에 두고 하신 말씀 같더라고. 네가 워낙에 빼어나야지 말이야. 안 그러냐 종우야?"

"예, 저도 대한이 신뢰합니다."

이영훈의 물음에 백종우도 얼른 고개를 끄덕였다.

지금 동조하지 않으면 자기한테 일거리가 넘어올 수도 있으니까.

대한이 속으로 고개를 저으며 말했다.

"추석 지나고 한 달. 그것보다 짧게는 준비 못 합니다. 그리고 중대 병력들 소요가 크니까 대대 작업에서 제외시켜서 도서관에만 집중할 수 있게 도와주시면 제가 어떻게든 해 보겠습니다."

"알겠다, 내가 대대장님한테 말씀드리면 되는 거지?"

"예. 그리고 가급적이면 10월 말에 있을 부대 개방 행사를 뒤로 좀 미뤄 주셨으면 합니다."

"그건 왜?"

"도서관 작업하면 막사는 더러울 거고 저희 애들은 계속 고생만 하다가 부모님 보게 될 텐데 그건 애들한테도 부모님들한테도 좀 그렇지 않습니까."

"그럼 대대장님한테 들렀다가 정작과 다녀오면 되겠다."

"예, 이것만 해 주시면 추석 끝나고 바로 작업 들어가겠습니다."

"오케이! 좋다, 좋아. 역시 대한이야. 내가 금방 다녀올게! 일단 해산!"

뚝딱 결론이 나자 이영훈이 싱글벙글 웃으며 회의를 종료시켰다. 하는 행동이 꼭 대한의 상관이 아니라 부관 같다.

이영훈이 나가자 뒤이어 백종우도 여유로이 육군 수첩을 챙기며 대한에게 말했다.

"고맙다, 고생해라. 대한아."

"예, 선배님."

백종우한테도 큰 기대는 하지 않았다.

전역을 앞둔 말년 중위는 어차피 도움 안 되는 인력이었으니.

대한은 이어서 아직 중대장실을 떠나지 않은 박태록에게 말했다.

"저…… 보급관님? 이번 도서관 건에 대해 따로 부탁 하나만 좀 드려도 되겠습니까?"

"허허, 1소대장님 부탁이라면 무조건 들어드려야죠. 말씀해 보시죠."

다행히 박태록의 반응은 긍정적이었다.

대한이 말했다.

"이번에 목공일을 좀 부탁드려도 되겠습니까?"

"목공이요?"

"예, 보급관님이 저희 대대. 아니, 전 군에서 제일 실력 있는 목수라 들었습니다."

그 말에 박태록의 표정에 당황스러움이 묻어났다.

"허허…… 그걸 소대장님이 어떻게 아십니까?"

역시.

미리 칭찬하며 말을 꺼내서 그런지 딱히 부정하지 않는다.

그저 대한이 그 사실을 알고 있다는 것에 놀랄 뿐.

대한이 어색하게 웃으며 말했다.

"지원중대 부사관들한테 들었습니다."

"흠흠, 내가 다른 간부들한테 말하지 말라고 했건만……."

사실 지원중대 부사관들에게 들은 건 아니었다.

실제로 그들에게 묻는다 한들 대답해 줄 사람들도 아니었고.

대한이 싫어서가 아니다.

부사관들의 의리를 한낱 소위가 깰 수 없어서 그런 것뿐.

그도 그럴 게 목수 일을 잘한다는 소문이 나면 여기저기 불려 다닐 게 뻔했으니까.

'설마 가서 따지진 않겠지?'

대한이 박태록의 숨겨진 능력을 알게 된 건 전생에 인사과장으로 있던 시절, 처음으로 도서관을 만들 때였다.

그때 너무 힘들어서 박태록에게 하소연을 좀 했더니 그 당시 대한을 불쌍하게 여긴 박태록이 고생을 무릅쓰고 도움을 주었다.

그렇기에 대한은 이번에도 어색하게 웃으며 박태록의 눈치를 봤다.

"하핫, 부탁 좀 드리겠습니다. 보급관님 같은 능력자가 없으면 저도 이번 건은 좀 힘들 것 같습니다."

"소대장님 부탁인데 제가 도와드려야죠. 그래서 구체적으로 제가 뭘 해 드리면 되겠습니까?"

"감사합니다. 그럼 도서관 책장 짜는 걸 좀 부탁드리겠습니다."

"책장은 자재가 좀 필요한 가구인데…… 자재는 어디서 확보하면 됩니까?"

"중대장님한테 말씀하시면 됩니다."

"……설마 저희 중대 예산을 써야 하는 겁니까?"

중대 예산 이야기에 보급관의 눈빛이 변했다.

군인들은 몸으로 때우는 것보다 돈 쓰는 것에 더 민감하니까.

특히 그게 보급관이라면 더욱이.

'예산 이야기가 나오자마자 눈빛이 바뀌네. 역시 보급관이야.'

대한이 손을 내저으며 오해를 풀어 주었다.

"제가 설마 대대 도서관 만드는데 저희 중대에서 돈 쓰게 하겠습니까."

"그렇죠? 소대장님이 말씀하신 거라 그냥 넘어가려고 했는데 혹시 몰라서 여쭤봤습니다."

"하하, 중대장님한테 필요한 거 말씀하시면 중대장님이 다른 중대한테 사 오라고 할 겁니다."

"음? 다른 중대들이 예산 쓰려고 하겠습니까? 그래도 대대장님이 저희 중대보고 하라고 시킨 건데 대대장님한테 예산 지원해 달라고 해야 하지 않겠습니까."

틀린 말은 아니었다.

시킨 놈 보고 돈 달라 해야지 엄한데 돌아다니면 되겠나.

하지만 대한은 박희재에게 예산받을 생각이 조금도 없었다.

"대대장님한테 예산 지원받으면 대충할 수 없지 않습니까?

차라리 중대 예산으로 적당히 만드는 게 없는 살림에 이만큼 꾸
렸다고 생색도 내고 평가도 후하게 받을 수 있을 겁니다."

"흠…… 맞는 것 같습니다. 대대장님이 제대로 예산 편성해
서 해야 되는 거면 저도 영혼을 갈아 넣어야죠."

"그리고 다른 중대들은 지원해 주기 싫어도 지원해 줄 수밖
에 없을 겁니다. 안 그럼 제가 대대장님한테 가서 이를 겁니다.
예산 지원 안 해 주는 중대 때문에 일 못 하겠다고."

"아……."

박태록이 그 말에 수긍하며 고개를 끄덕였다.

"그렇게 말하면 다들 개인 사비라도 털려고 할 겁니다."

"하하, 안 그래도 박봉인데 군인 지갑까지 건드려서 되겠습
니까. 예산 안에서 해결해야죠. 그것도 능력 아니겠습니까."

"엄청난 능력이죠. 그럼 언제까지 마무리하는 것으로 하면
되겠습니까?"

"일단 추석 지나고 시작해서 한 일주일? 그 정도면 책장 작
업 마무리할 수 있으시겠습니까?"

그 말에 박태록이 풋 웃으며 말했다.

"그런 배려 안 해 주셔도 됩니다. 제가 장비 잡으면 하루 안
에 끝납니다. 그냥 날짜만 소대장님이 전해 주십쇼."

크.

역시 불꽃 남자.

대한이 엄지를 치켜들며 박태록을 칭찬하던 그때, 보고를 마

치고 돌아온 이영훈이 중대장실 문을 열었다.

"오, 아직 여기 있었구나. 대한아, 네가 요구한 사항이라고 하니까 대대장님이 다 듣지도 않고 바로 통과시켜 주셨다. 잘 됐지?"

"예, 참 잘됐습니다."

예상된 결과였다.

대한은 박태록에게 정확한 날짜를 지정해 준 뒤 자리에서 일어났다.

추석 끝나고 한 달이면 결코 넉넉한 일정이 아니었기에.

✹

추석 당일.

대한은 평소보다 일찍 출근해서 지휘통제실로 향했다.

근무교대를 빠르게 한 뒤 차례 준비 중인 강당으로 향했고 거기엔 군 생활에 뜻이 있던 장교들은 모두 모여 있었다.

당연히 이영훈도 있었다.

"충성! 좋은 아침입니다. 중대장님."

"어, 대한아. 벌써 근무교대 했냐?"

"예, 오늘 같은 날 빨리 교대해 줘야 되지 않겠습니까."

"센스하고는…… 아무리 봐도 군 생활 2회차 같단 말이지."

"하하……."

농담으로 한 말이겠지만 대한에겐 농담처럼 들리지 않았다.

대한이 얼른 화제 전환하며 물었다.

"그나저나 다른 중대에서 예산 지원해 준답니까?"

"어, 네 이름 파니까 다 해 준다던데?"

"예? 제 이름을 어떻게 팝니까?"

"네가 직접 요청한 거라고 하니까 알아서 예산 내놓던데?"

어쩐지 도움 요청도 없더라니.

그나저나 좀 황당하네.

박희재도 아니고 내가 뭐라고 예산을 내놔?

의아함에 대한이 물었다.

"아무리 그래도 제가 뭐라고 중대장님들이 그걸 들어주십니까?"

"너 대대장님 오른팔이잖아. 부대에서 그거 모르는 사람이 어딨냐?"

"대대장님 오른팔은 정작과장님 아니었습니까?"

"공식적으로는 그렇지. 근데 우리 부대에선 아무도 그렇게 생각 안 할 걸?"

"……전 아니라고 생각하긴 하지만 그런 오해라면 부정하진 않겠습니다."

"하하, 너 하나로 내 군 생활이 이렇게 편해질 줄 몰랐다."

"그렇다고 하시면 참 다행입니다만…… 그래도 다음에 이런 일이 또 있으면 그땐 적당히 다른 중대로 토스해 주십쇼."

"그래 그래. 이번에 큰 건 하나 했으니 다음엔 잘 막아 볼게."

이영훈은 자신 있게 대답했지만 그 모습이 영 못 미덥다.

그때 여진수가 강당으로 들어왔다.

"충성!"

"어, 둘 다 일찍 왔네? 대한이가 오늘 당직이구나."

"예, 그렇습니다."

"이야, 명절에 부대 지키는 놈이 너라면 빨리 퇴근해도 되겠다."

그 말에 대한이 얼른 웃으며 대답했다.

괜히 부대에서 병력들 돌본답시고 남아 있다면 당직근무자만 불편했으니까.

"그럼 지금 가셔도 괜찮습니다."

"뭔가 진심이 좀 섞인 것 같다?"

"오해십니다. 정작과장님이 오래 계시면 저야 좋은 것 아니겠습니까?"

"내가 있으면 좋다고?"

"예, 정작과장님이 대대를 같이 지켜 주고 계시면 근무자 입장에서는 엄청 든든하지 않겠습니까? 계실 거면 오래 있어 주십쇼."

"징그러운 자식…… 뭐 원하는 거 있냐? 아침부터 혀 놀림이 왜 이래?"

"어라, 어떻게 아셨습니까? 역시 과장님이십니다."

"뭐?"

대한의 대답에 이영훈과 여진수 둘 다 놀란 표정으로 대한을 보았다.

대한이 먼저 이런 말을 하는 경우는 잘 없었기 때문이다.

그렇기에 여진수가 흥미롭다는 듯이 물었다.

"별일이네. 네가 먼저 뭘 요구하기도 하고. 뭔데?"

"하핫, 그럼 혹시 영천 시장님한테 연락 좀 부탁드려도 되겠습니까?"

"시장님한테?"

"예."

대한은 진심이었다.

여진수가 눈을 좁히며 물었다.

"이유는?"

"이번에 저희 중대가 면학 분위기 조성을 위한 도서관을 만들지 않습니까? 거기에 넣을 책, 책상, 의자 같은 게 좀 필요합니다."

"흠."

대한의 대답을 들은 여진수는 고개를 끄덕였다.

확실히 영천 시장쯤 되면 책상이나 의자, 그리고 도서관에 넣을 책 정돈 뚝딱 마련해 줄 수 있었으니까.

'퀄리티 기대는 크게 안 되도 구색 맞추기엔 안성맞춤이지.'

고아스를 이용해도 되긴 했지만 대한은 이번 프로젝트에서 만큼은 정말로 사비를 안 쓸 생각이었다.

원래 이런 건 돈 넣은 만큼 차이가 나는 법이니까.

'적당히 때가 되면 부수고 다시 짓던가 해야지.'

그래야 공적으로 써먹을 수 있을 테니까.

이윽고 여진수가 피식 웃으며 말했다.

"오냐, 사적인 것도 아니고 그런 거라면 오랜만에 연락 한번 드려 봐야겠다."

"감사합니다. 제가 더 잘하겠습니다, 과장님."

"징그러운 놈. 이걸로 저번에 섭섭했던 건은 퉁치는 거다?"

"여부가 있겠습니까?"

내심 그게 마음에 걸렸나 보다.

혹시라도 안 된다고 하면 저번 파견 건을 물고 늘어지려고 했는데 역시 눈치가 좋다.

이윽고 여진수가 영천 시장에게 전화하러 나가자 이영훈이 검지를 치켜세웠다.

"크, 역시 김대한이다. 어떻게 그런 생각을 다 했냐?"

"전 배운 대로 했을 뿐입니다."

"배운대로?"

"인맥이 있으면 써먹어야 한다고 과장님께 배웠습니다. 그래서 한번 써먹어 봤습니다."

"짜식, 그래서 자신 있게 네가 지휘한다고 했던 거였구만."

그때, 강당 입구에서 우렁찬 경례 소리가 들렸다.

박희재가 도착한 것이다.

박희재가 눈에 보이는 간부들을 향해 말했다.

"이리 와서 음식 좀 내려라."

"예! 알겠습니다!"

대한과 이영훈도 얼른 뛰어갔다.

뛰어간 곳에는 박희재의 차가 있었는데 박희재의 차 안에는 그가 직접 싣고 온 명절 음식들로 가득 했다.

"이야, 이걸 언제 다 준비하셨습니까?"

다시 봐도 놀라웠다.

그도 그럴 게 조수석은 물론 뒷자리까지 명절 음식들로 가득 차 있었으니까.

그뿐이랴, 차렛상에 올릴 것도 모두 준비되어 있었다.

'참 새삼스레 대단한 양반이라니까.'

전생에는 이게 얼마나 대단한 일인 줄 몰랐다.

그냥 대대장은 다 이런 줄 알았다.

하지만 한번 본 영화를 두 번 보면 전에 보이지 않던 것들이 보인다고 2회차 군 생활을 하다 보면 박희재가 참 대단한 사람이라고 느껴졌다.

그도 그럴 게 어떤 부대에선 차례상이며 명절 음식이며 죄다 취사병들한테 시키는 대대장도 있었으니까.

'결국 그 대대 취사병들은 전원이 사단장님한테 마음의 편지를 썼었지.'

취사병들은 명절도 없냐면서 말이다.

이해는 됐다.

석식 준비 끝나고 철야로 새벽 내내 명절 음식을 준비했으니까.

대한의 감탄사에 박희재가 우는 소리를 했다.

"말도 마라 우리 집사람이랑 어젯밤부터 죽는 줄 알았다."

"저라도 부르시지 그러셨습니까. 바로 달려갔을 텐데."

"명절에도 근무 서는 애를 무슨 염치로 부르냐, 대한이 네 건 내가 따로 챙겨놨으니까 좀 있다가 가져가고."

"하핫, 예! 감사합니다!"

"대한이 너도 전 부치고 하는 건 어머니께 미리미리 배워 둬. 그래야 나중에 장가가서 마누라한테 이쁨받지."

장가라…….

이번 생엔 가긴 가려나?

별로 상상이 안 됐다.

경험이 없었으니까.

대한이 어색하게 웃으며 말했다.

"예, 알겠습니다. 부지런히 배워 두겠습니다."

"넌 꼭 결혼해라. 너 결혼하는 건 내가 꼭 보러 갈 테니까."

"하하…… 군 생활하느라 바쁜데 갈 수 있겠습니까?"

"그럼 난 안 바쁘게 군 생활했다는 말이냐? 그런 걱정하지 마라 너 정도면 두 번, 아니 세 번도 갔다 온다."

"크흠, 이건 병력들 차례 지내고 가져갈 수 있도록 통제하겠습니다."

"그래, 부탁하마. 난 단장 불러오마."

"단장님 오시면 바로 진행할 수 있도록 준비해 놓겠습니다."

"오케이!"

박희재가 이원영을 데리러 단으로 이동했고 그사이 대한은 다른 간부들과 함께 음식들을 마저 옮겼다.

그리고 단상에 올라 마이크를 잡고 병력들을 정렬시켰고 얼마 뒤, 이원영과 박희재가 티격태격하며 강당으로 들어왔다.

"충성!"

"그래, 다들 명절에 고생이 많다."

이원영은 간부들의 얼굴들을 하나씩 확인한 뒤 박희재가 가져온 전들을 보며 말했다.

"대대장? 저걸 진짜 다 해 온 건가?"

그 말에 박희재가 이원영을 째려보며 답했다.

"그래서 제가 어제 좀 도와달라고 연락드렸지 않습니까."

"흠흠, 난 집사람 보러 가야 되서 못 도와준다고 했잖아. 다음에 꼭 도와줄 테니까 이번에는 쉬자고도 했고."

이원영이 헛기침하며 미안함을 표하자 박희재가 피식 웃으며 말했다.

"장난입니다. 단장님 없다고 애들 먹을 걸 안 할 수는 없잖습니까? 돌아오는 설에는 완쾌한 형수님이랑 같이 음식 준비하시죠."

그 말에 이원영은 그저 웃었다.

정말 그랬으면 하는 마음에서였다.

이윽고 마이크 준비가 끝나자 이원영이 단상 위로 올라가 병력들을 향해 말했다.

"명절을 여러 번 보낸 인원도 있겠지만 처음 보내는 인원 또한 있으리라 생각한다. 집처럼 편한 곳은 아니지만 편하고 즐거운 명절이 되었으면 한다. 그런 의미에서 여러분의 휴식을 방해하는 건 모두 제외했으니 그렇게 알고 이번 명절은 편히 쉴 수 있도록."

군대 명절이 짜증나는 이유를 묻는다면 열에 아홉은 쓸데없는 행사들 때문이라고 답할 것이다.

괜히 일을 벌여서 쉴 것도 못 쉬게 만드니까.

그렇기에 이원영은 박희재와 협의 하에 이번 명절에도 병사들이 푹 쉴 수 있도록 배려했다.

이원영의 휴식 선언에 병사들은 열광하기 시작했고 곧이어 손을 들어 병력들을 조용히 시켰다.

"그래도 너무 아무것도 안 하면 군대 같지 않으니까 차례 끝나고 팔씨름 대회 하나만 진행하겠다. 당연히 포상 걸려 있는 대회고 참가하기 싫은 인원은 대대장이 준비한 전을 받은 뒤 팔씨름 구경을 해도 좋고 그냥 막사로 복귀해도 좋다. 다들 오늘 하루 편하게 지내기 바란다. 이상."

이원영의 말이 끝나자 다시금 병사들의 박수 소리가 강당을 뒤덮었고 이원영이 단상 아래에 있는 대한에게 마이크를 건네며 말했다.

"차례 시작하자."

그 모습에 대한의 고개가 기울어졌다.

이걸 왜 날 주는 거지?

이런 진행은 차현수나 고종민이 진행해야 했다.

하지만 이원영은 그 두 사람보다 대한을 더 신뢰했고 대한도 이원영의 뜻을 대강 알아채고 마이크를 잡았다.

✳

전 병력이 차례를 지내는 것에는 그리 오랜 시간이 걸리지 않았다.

차례가 끝난 뒤 박희재가 준비해 온 음식들을 나누어 주기 시작했고 그 사이 차현수와 고종민은 팔씨름 대회를 위해 책상을 가지고 나타났다.

이원영이 두 사람을 보며 물었다.

"간부, 병사 전부 희망자만 받은 거지?"

"예! 그렇습니다!"

"그래, 갈 사람은 얼른 가서 쉬라고 하고 얼른 진행하자. 간부들도 이거 끝나면 다 퇴근해라. 굳이 부대 남아서 애들 괴롭히지 말고."

"예, 알겠습니다!"

매우 기쁜 소식이었지만 다들 미소 짓는 정도로 기쁨을 표출했다.

고종민은 이원영의 말을 듣자마자 병사들 팔씨름 대회 진행을 위해 이동했다.

대한은 그런 고종민을 보며 조용히 미소를 지었다.

'이번에는 장기 되겠구만.'

대한은 이원영의 시선이 고종민에게 머물러 있는 걸 보고 고종민의 장기를 확신했다.

반면 차현수는 표정 관리가 안됐다.

웃다가 무표정이었다가를 반복하며 분위기를 망치는 중이었고 모든 간부가 눈치껏 차현수를 못 본 척하는 중이었다. 물론 그 와중에도 전은 맛있었는지 열심히 전을 주워 먹는 중이었다.

그때, 차현수를 노려보고 있던 현정국이 입을 열었다.

"인사장교, 간부들도 대회 시작하지?"

"켁켁, 예, 알겠습니다."

당황한 차현수가 얼른 책상 앞으로 이동하자 그 모습을 지켜보던 이영훈이 대한에게 슬쩍 말했다.

"현수는 참 한결같네."

"그렇습니까?"

"뭘 모르는 척이야, 너도 알잖아."

"하하, 전 잘 모르겠습니다."

"짜식이 처세하기는."

그쯤 차현수가 첫 번째 대진 순서를 불렀다.

"대위 이영훈, 소위 김대한 앞으로 나와 주십쇼."

어라?

1회전이 나네?

심지어 상대도 이영훈이었다.

첫 제물로 나쁘지 않다고 생각했다.

이영훈도 같은 생각이었는지 어깨를 휘휘 풀며 말했다.

"어떡하냐, 예선 탈락하게 되서. 기대가 컸을 텐데 참 안타깝 구나."

"그러게나 말입니다. 봐주실 생각은 없으십니까?"

"승부의 세계는 냉정하지."

"중대장님이 직접 말씀하셨습니다."

두 사람의 신경전에 전을 먹고 있던 박희재가 낄낄 웃으며 말했다.

"중대 전투력 좀 볼까? 설마 중대장이 소대장한테 지는 건 아니겠지?"

"괜히 중대장이 아니란 걸 보여 드리겠습니다."

이영훈은 소매를 바짝 걷어 올려 이두박근을 자랑했다.

근육에서 장간 훈련의 짬이 느껴졌고 전 간부들이 이영훈과 대한의 팔을 비교하며 한마디씩 했다.

"살살해야겠다, 1중대장."

"대한이 팔 괜찮겠냐? 부러지는 거 아냐?"

"이야, 이영훈이 닭찌찌 좀 먹었나 보네?"

간부들의 응원에 이영훈이 입꼬리를 씩 올리며 말했다.

"손등 조심해라. 너무 세게 넘겨서 다칠 수도 있으니까."

"중대장님, 혹시 마이크 타이슨 아십니까?"

"마이크 타이슨? 갑자기 복싱 선수는 왜?"

"마이크 타이슨이 그랬습니다. 누구나 그럴싸한 계획을 가지고 있다고."

"너 지금 처맞기 전엔 누구나 다 그런 계획을 갖고 있다는 말을 하고 싶은 거냐?"

"하하, 뒷말은 안 했습니다."

그쯤 차현수가 외쳤다.

"시작!"

경기가 시작됐다.

그리고 이영훈은 기다렸다는 듯이 팔 근육을 폭발시켰다.

부풀어 오르는 이두에 모두들 이영훈의 예상을 예상했다.

그러나.

"어?"

"오?"

"뭐야, 1소대장 꽤 버티는데?"

"아냐, 버티는 게 아냐. 1소대장 표정을 봐."

경기가 시작된 직후 부푼 이두만큼이나 시뻘게진 얼굴을 한 이영훈과는 달리 대한의 표정은 한없이 평화로웠다.

이번엔 대한이 입꼬리를 슬쩍 올리며 말했다.

"이게 중대장님이 가지신 전투력의 전부입니까?"

"뭐?"

그 순간.

쾅!

대한은 가볍게 도발 멘트를 한번 날려 준 뒤 인정사정없이 이영훈의 팔을 제껴 버렸다.

"김대한 승!"

차현수의 외침.

그와 동시에 간부들 모두의 눈이 휘둥그레 커졌다.

"와, 이걸 한 방에?"

"당연히 1소대장이 질 줄 알았는데……."

"이야, 이래서 사람은 겉만 봐선 모른다는 거구나."

"크하하하! 영훈아, 아까 뭐라고 했냐. 괜히 중대장이 아니란 걸 보여 준다며?"

특히 박희재가 킬킬 웃었다.

이영훈은 힘을 다 썼는지 스르르 흘러 바닥에 주저앉았고 그런 이영훈에게 대한이 손을 내밀며 말했다.

"후후, 힘의 차이가 느껴지십니까?"

"……미친놈."

이영훈이 대한의 손을 잡고 일어나며 말했다.

"너 뭐냐, 원래 이렇게 셌냐?"

"원래 고수는 평소에 힘을 숨기고 다니는 법입니다. 중대장님, 이걸로 뒤끝 부리시면 안 됩니다?"

"내가 애냐? 이런 걸로 뒤끝 부리게. 대신 중대를 대표해서 꼭 이겨라."

"여부가 있겠습니까."

애초에 이영훈은 적수가 아니었다.

이번 팔씨름 대회에서 대한이 노리고 있는 상대는 따로 있었으니까.

이어서 단판 승부였던 1차전이 끝나고 예선전을 뚫은 승자들끼리 대진표가 정해졌다.

차현수가 대진표를 보더니 외쳤다.

"대진표에 따라 2차전을 바로 시작하겠습니다. 2차전은 3판 2선승제입니다. 그럼 대위 현정국, 소위 김대한부터 앞으로 나와 주십쇼."

대한의 눈에 이채가 띠기 시작했다.

드디어 대한의 먹잇감이 나타났기 때문이다.

✳

드디어 기다리던 순서가 왔다.

저번에 축구 때도 한번 신나게 털었지만 그래도 그건 직접 턴 게 아니라 이런 자리를 한번쯤은 마련하고 싶었다.

하지만 사람들은 이번에도 대한을 걱정하기 시작했다.

그도 그럴 게 현정국은 부대에서 거론되는 팔씨름 강자들 중에 하나였으니까.

이윽고 책상 앞에 두 사람이 서자 현정국이 한쪽 입꼬리를 올리며 말했다.

"대한아, 혹시 모르니까 첫판 해 보고 감이 온다 싶으면 바로 기권해라, 차라리 그게 덜 쪽팔리고 나을 거다."

지랄하네.

그러나 대한의 입은 다르게 움직였다.

"예, 알겠습니다."

이윽고 현정국도 이영훈 못지않은 이두박근을 자랑하기 시작했다.

그러나 대한의 눈에는 그저 풍선처럼 보일뿐.

이윽고 차현수가 외쳤다.

"자, 준비. 시작!"

쾅!

시작과 동시에 울리는 굉음.

손등이 책상에 부딪히는 소리였다.

그리고 그 소리의 주인은 다름 아닌 현정국이었다.

순식간에 끝나 버린 결과에 현정국이 두 눈을 동그랗게 뜨자 대한이 말했다.

"어떻게, 감이 좀 오십니까?"

"하? 나, 참! 야, 갑자기 시작하는 게 어딨냐? 이 자식이 어디서 비매너만 배워 가지고."

"아, 그렇습니까? 그럼 무효로 하고 다시 하십니까?"

"됐어, 인마. 찌질이도 아니고 내가 연달아 2판 다 이기면 되지."

"역시 멋지십니다."

꼴에 자존심은 있어 가지고.

이윽고 2번째 경기가 시작되었다.

차현수의 시작 외침과 동시에 현정국은 미친 듯이 몸을 비틀기 시작했고 대한은 이번에도 한 방에 넘기려다 현정국의 장단에 한번 어울려 주었다.

"이야, 이번엔 좀 다르네."

경기를 지켜보던 박희재가 껄껄 웃자 대한이 피식 웃음을 띠었다.

그러더니 자신의 손등이 책상에 닿기 직전, 거짓말처럼 천천히 궤도를 올리더니 사뿐하게 현정국의 손등을 책상에 밀착시켜 주었다.

"김대한 승!"

경기가 끝나자 현정국의 얼굴이.

아니, 온몸이 시뻘겋다.

정말 온힘을 다했기 때문이다.

하지만 딱 거기까지였다.

스트레스를 양껏 날린 대한이 예의를 갖춰 인사했다.

"고생하셨습니다, 선배님."

"······후."

물론 속 좁은 현정국은 그 인사를 받아 주지 않았지만.

그 모습을 본 박희재가 다시 한번 껄껄 웃는다.

※

시간이 지나 마침내 결승전의 때가 되었다.

결승전 진출자는 대한과 정우진.

두 사람은 잠깐의 휴식을 취하고 바로 결승전 경기를 위해 책상 앞으로 위치했다.

설명은 필요 없었다.

넘기기만 하면 되는 간단한 게임이었으니.

정우진이 웃으며 손을 내밀었다.

"결승전에서 만날 줄 알았다."

"하하, 어떻게 아셨습니까."

"영훈이랑 할 때 엄지 좀 쓰더만?"

"맞습니다. 역시 2중대장님이십니다."

정우진은 부대 내에서도 순위권 안에 드는 강자였다.

그도 그럴 게 정우진은 어릴 때부터 팔씨름을 좋아했고 육사 안에서도 손꼽히는 팔씨름 고수였으니까.

그래서 전생에서도 대한은 한 번도 정우진을 이겨 본 적이 없었다. 그렇기에 대한은 이번에도 딱히 대회 우승에 대한 욕심을 부리지 않았다.

어차피 우승자는 정해져 있었으니까.

하지만 그럼에도 최선은 다했다.

질 걸 알면서도 싸워야 하는 게 바로 군인이었으니.

"정우진 승!"

이변은 없었다.

대한이 아쉽다는 듯 예의를 표하고 물러나자 이영훈이 아쉽다는 듯 대한을 위로했다.

"아, 진짜 아깝다. 너도 진짜 잘했는데."

"괜찮습니다. 하지만 2중대장님을 이겼어도 다음 상대는 제가 못 이겼을 겁니다."

"그게 무슨 소리야? 방금 네가 한 경기가 결승전이었어, 인마."

"아닙니다. 대진표 한번 보시겠습니까?"

그 말에 이영훈이 대진표를 보러 갔다.

아무리 봐도 이상할 게 없는데?

그때, 대진표 구석 끄트머리에 엄청 작은 글씨들이 옹기종기 모여 있는 게 보였다.

"뭐라고 쓰여 있는 거야?"

이영훈이 그것을 보기 위해 가까이 다가갔을 때였다.

"자, 그럼 지금부터 진짜 결승전을 한번 해 보실까."

갑자기 자리에서 일어나 소매를 걷어붙이고 등장한 이.

다름 아닌 이원영이었다.

이원영의 등장에 정우진이 크게 당황하며 말했다.

"다, 단장님도 하십니까?"

"그래, 진짜 결승전을 해야지. 대진표 못 봤냐?"

"대진표 말씀이십니까?"

그때 모두의 시선이 대진표로 옮겨졌고 누군가 대진표에 적힌 깨알 같은 글씨를 읽어 냈다.

"부전승?"

말 그대로였다.

이원영이 부전승으로 결승전에 진출한 것.

그 말에 대한을 제외한 모두가 황당한 표정을 지었다.

"후후, 간부 휴가증이 어디 그리 쉽게 불출될 줄 알았더냐. 와라, 정 대위. 날 꺾으면 우승 상품을 내어 주마."

그 모습을 본 대한은 입가에 미소를 그렸다.

부대에 숨어 있던 팔씨름의 신.

그는 잠룡이자 괴물이었으며 포상 휴가의 수호신이기도 했다.

그 이름은 바로 이원영.

정우진은 억울하다는 표정으로 책상 앞에 섰고 그 광경을 본 이영훈이 어이가 없다는 듯 인상을 찌푸렸다.

"이건 반칙 아니냐? 단장님 근육을 봐라."

"그럼 중대장님은 2중대장님이 질 거라고 생각하십니까?"

"흠."

대한의 물음에 이영훈이 턱을 어루만지더니 고개를 저었다.

"아니, 너를 통해 근육만 크다고 능사가 아니라는 걸 깨달았다."

"그럼 내기하십니까?"

"무슨 내기?"

"2중대장님이 이기면 중대장님이 이기시는 거고, 단장님이 이기시면 제가 이기는."

"좋다, 뭘 걸래?"

"중대장님 선택에 따르겠습니다."

"그래?"

그 말에 이영훈이 입꼬리를 올리며 말했다.

"그럼 내가 이기면 일주일 휴가 쓴다는 거 그냥 쓴다?"

"좋습니다. 그럼 제가 이기면 중대장님은 오늘 하루 저랑 같이 당직 서 주십쇼."

"미쳤냐? 명절 당일에 당직도 아닌데 너랑 당직을 서라고?"

"그럼 저도 일주일 휴가 합니까? 어차피 날아가고 있는 명절인데 오늘 하루를 날리는 게 마음 편하지 않겠습니까?"

이영훈은 잠시 고민하더니 이내 고개를 끄덕였다.

본인이 생각하기에도 대한이 일주일 휴가 가는 게 더 곤란했으니까.

"좋아, 대신 무르기 없다?"

"중대장님만 약속 제대로 지켜 주시면 됩니다."

"오케이, 딱 대라. 내가 바로 휴가 쓸 거니까."

내기는 성립됐고 곧 경기가 시작됐다.

그리고 결과는.

쾅!

이원영의 압도적인 승리.

3판 2선승제가 의미가 없었다.

시작과 동시에 이원영이 찢어 버렸으니까.

"아……."

압도적인 결과에 이영훈이 절망한다.

눈앞에서 휴가를 날린 정우진도 마찬가지였다.

"아이고 후배님, 육사에선 팔씨름 같은 거 안 알려 주나 봐?"

이원영은 악마처럼 웃으며 퇴장했고 다시 박희재 앞에 앉아 전을 먹기 시작했다.

그 모습을 본 대한도 웃으며 이영훈에게 말했다.

"그럼 오늘 하루 잘 부탁드리겠습니다."

"아니 이게 말이 되냐고……."

이래서 사람은 도박을 하면 안 된다.

대한이 말뿐인 위로를 전했다.

"어차피 싱글이시라 할 것도 없지 않으십니까."

"할 게 없다고 당직 서는 미친놈이 어딨냐? 하······ 내가 명절에 당직 안 서려고 얼마나 노력했는데······."

"후후, 그럼 이따 대대 지통실에서 뵙겠습니다."

상쾌했다.

현정국도 한 방 먹였고 오늘 같은 날을 함께할 든든한 말동무도 구했다.

이제 남은 일은 어질러져 있는 강당이나 치우고 복귀하면 된다.

그때였다.

오늘 대한과 같이 근무를 설 상황병이 강당으로 뛰어 들어왔다.

"당직사령님!"

상황병은 턱에 숨이 차도록 달려왔고 급하게 급보를 전달했다.

"당직사령님, 지금 위병소에 좀 가 보셔야 할 것 같습니다!"

"위병소는 왜?"

"방금 위병조장한테 연락 왔는데 성묘객 하나가 난동을 부린답니다."

난동이란 말에 대한은 고개를 끄덕였다.

드디어 올 게 왔다는 생각이 들었기 때문이다.

이영훈이 인상을 찌푸리며 말했다.

"웬 난동? 우리 성묘객 중에는 진상 없는데?"

부대마다 다르긴 했지만 주둔지에 무덤이 있는 부대는 매년 보는 성묘객들이 다 비슷했다.

새로운 무덤이 생기는 일은 거의 없었으니까.

그런 의미에서 대한이 있는 부대는 진상 성묘객이 한 명도 없었다.

그런데 모처럼 진상 성묘객이 나타났다고 하니 이영훈이 고개를 모로 기울일 수밖에.

하지만 대한은 그가 누군지 안다.

그래서 미리 준비도 해 뒀다.

"가자."

대한이 서둘러 상황병과 함께 강당을 나섰다.

✳

한편.

성묘객이 난동을 부리기 전, 연성목과 기태준은 성묘객 인솔 임무를 받아 위병소에서 성묘객이 오는 걸 기다리고 있었다.

"태준아, 부모님한테 연락은 드렸냐?"

"지금 바쁘실 것 같아서 따로 연락 안 드렸습니다."

"그래? 그래도 부모님은 전화 기다리실 걸? 인솔 갔다가 막사 복귀하면 부모님한테 연락드려. 좋아하실 거야."

"예, 알겠습니다."

연성목은 혹여나 명절에 군대에 있는 신병이 우울할까 싶어 계속 말을 걸어 주었다.

그러나 기태준은 생각 이상으로 씩씩했고 연성목은 그런 기태준이 참 마음에 들었다.

이윽고 위병소 앞에 검은색 고급 세단 한 대가 들어섰다.

부대에 등록되지 않은 차량이었기에 당연히 차단봉이 올라가지 않았고 위병 근무자가 다가가 신원을 확인했다.

그때, 차 안에서 큰 소리가 들려왔다.

"아, 그냥 좀 열어라!"

"자, 잘못 들었습니다?"

"그냥 좀 열라고! 뭔 놈의 절차야!"

방문자의 외침에 위병 근무자가 크게 당황했다.

큰 목소리에 연성목과 기태준도 자연스럽게 시선이 이동됐고.

연성목이 고개를 기울이며 중얼였다.

"뭐지? 우리 부대 간부님인가?"

"차량이 S클래스인데…… 아니지 않겠습니까?"

"그렇겠지? 그럼 다른 부대 간부님이 잠깐 들리신 건가?"

"그것도 좀 아닌 것 같은데……."

"흠……."

차량의 기종 때문에 모든 가능성이 배제됐다.

저 정도 차량을 타고 다니는 건 장성도 안 할 짓이었으니까.

두 사람은 차분하게 위병 근무자의 대응을 기다렸다.

그러나.

"아무리 그렇게 말씀하셔도 성묘 오신 거면 위병소 밖에 주차하신 후에 들어오셔서 출입증 받고 출입하셔야……."

"아, 누가 그걸 몰라?! 귀찮다잖아! 내가 내 조상 보러 왔는데 뭔 놈의 절차야!!"

"예, 예?"

"귀때기 막혔냐? 열라고 그냥! 그런 건 니들이 알아서 하고 저거 올리라고!"

빠아아앙!!

뭐가 그리 화가 나는 걸까?

성묘객은 클락션을 울리기 시작했고 그제서야 뭔가 문제가 생겼다는 걸 안 위병조장이 상황실에 사실을 알리고 차량으로 다가갔다.

그러나 위병조장이 다가가도 상황은 마찬가지였다.

"번거로우시겠지만 부대에 출입 절차가 있어서 어쩔 수 없습니다. 주차하시고 들어오시면 제가 최대한 빨리 등록하고 통과시켜 드리겠습니다."

"아, 씨발. 그럼 내가 저기까지 걸어 올라가리? 개소리 집어치고 문이나 열어! 애초에 내 조상 보러 왔는데 너희가 왜 이래라 저래라 구는 건데?"

위병조장은 욕이 튀어나오려는 걸 간신히 참았다.

하지만 아무리 좋게 이야기해도 성묘객은 들어먹을 기미가 안 보였고 상황을 지켜보던 연성목이 불안한 목소리로 말했다.

"……태준아, 아무래도 우리 좆된 것 같다. 저 사람이 만약 성묘객이면 우리가 인솔해야 하는데…… 하, 이게 무슨 날벼락이냐."

"하하…… 진상이긴 한 것 같습니다만 그래도 인솔만 하면 되는데 말없이 움직이면 되지 않겠습니까?"

"그렇겠지? 하, 소대장님 보고 싶다."

두 사람이 걱정하는 것도 잠시.

그때, 대한이 위병소에 모습을 드러냈다.

그런데 뒤늦게 도착한 대한은 분명 상황을 전달받았을 텐데도 얼굴에 미소가 만연했다.

대한을 발견한 두 사람이 경례를 올렸다.

"충성, 오셨습니까."

"어, 너희 아직 성묘객 인솔 출발 안 했구나?"

"예, 그렇습니다. 이제 저희가 출발할 차례입니다."

"그럼 너희가 저분이랑 같이 가겠네?"

"예, 뭐……."

연성목의 표정이 썩어 들어간다.

그러자 대한이 웃으며 말했다.

"뭘 그리 울상이냐, 걱정 마라. 나도 같이 올라갈 테니까."

"정말이십니까? 어, 근데 괜찮으십니까? 지통실에 계셔야 하는 거 아닙니까?"

"괜찮아. 나 대신 있어 줄 사람 있어."

그 말에 연성목과 기태준이 고개를 모로 기울였지만 대한은 두 사람을 뒤로 한 채 위병조장에게 다가갔다.

"2중대지?"

"예, 그렇습니다."

"고생 많았네. 역시 2중대장님 밑에 있어서 그런지 FM이야."

"……괜히 저희 때문에 소대장님 고생시켜 드려서 죄송합니다."

"아냐, 괜찮아. 이런 거 하라고 간부가 있는 건데. 그나저나 너희 관등성명 좀 알려줘."

"저, 저희 관등성명은 뭐 때문에 그러십니까?"

관등성명 요구에 위병조장은 순간 자신들이 뭘 잘못했나 싶어 크게 당황했다.

그 모습에 대한이 웃으며 손을 내저었다.

"아, 그런 거 아냐. 경계근무 우수로 휴가 챙겨 주려고 그러는 거야. 명절인데 서럽지? 고생 많다. 내가 너흰 꼭 중대장님 한테 말해서 휴가 받아다 줄게."

그 말에 위병조장을 비롯한 근무자들 모두가 크게 감동한 표정으로 대한을 보았다.

"감사합니다, 소대장님."

대한은 메모장에 세 사람의 이름을 적은 뒤, 이어서 말했다.

"저 양반은 내가 처음부터 끝까지 전담 마크할 테니까 출입 신청은 그냥 패스하자. 대신 무슨 일 생기면 내가 책임질게."

"예, 알겠습니다!"

"그래, 내가 차에 타면 문 열어 줘라."

위병조장에게 확답을 받은 대한은 이어서 성묘객에게 다가갔다.

"안녕하십니까. 대대 당직사령 김대한 소위라고 합니다."

"넌 또 뭐야? 문 열라니까 어디서 자꾸 뭐가 튀어나오는 거야?"

"연락받고 왔습니다. 불편을 드려 죄송합니다. 근데 저희도 절차라는 게 있어서 그런데 혹시 많이 급하신 거면 저도 동행해도 되겠습니까? 제가 동행하면 절차 없이 돌아다니셔도 됩니다. 아, 어차피 혼자는 못 돌아다니십니다."

"……그래?"

대한은 그 사람의 행동거지에 대해 별다른 언급을 하지 않았다.

대신 그냥 죄송하다고 하고 자신이 동행할 수 있는 특권 아닌 특권을 주었다.

그러자 성묘객은 거짓말처럼 잠잠해졌다.

그 모습이 퍽 우스웠다.

대한은 전생에 이런 진상을 많이 만나 봐서 진상들의 심리에 대해 잘 안다.

돈이 있는 사람이든 없는 사람이든 결국엔 자신이 대접받고 싶어 한다는 게 진상들의 공통된 심리다.

대한은 그 단순한 원리를 잘 알고 있기에 진상객의 가려운 부분을 긁어 주었고 차 내부를 한번 둘러보더니 말을 이었다.

"성묘하러 혼자 오셨구나…… 그럼 동의하신 걸로 알고 실례 좀 하겠습니다. 애들아 타라."

대한의 부름에 연성목과 기태준이 서둘러 뛰어와 성묘객의 차량 뒷자리에 탑승했다.

대한은 조수석에 탑승한 뒤 위병조장에게 신호를 보냈다.

그러자 차단봉이 올라갔고 차는 조용히 움직이기 시작했다.

✳

좀 전에 큰 소리가 오가서 그런 걸까?

일행이 된 네 사람 사이엔 어색한 침묵만이 흘렀지만 그래도 고성이 오가는 것보단 나았다.

이윽고 차에서 내린 네 사람은 조용히 성묘객의 뒤를 따랐고 성묘객이 오르는 길들을 보며 연성목이 조용히 대한에게 말했다.

"소대장님, 여긴 며칠 전에 저희가 작업한 곳 아닙니까?"

"그래, 거기 묘 두 개 있었잖아."

"아, 그 작업하기 전까진 무덤인지도 몰랐던……."

"쉿."

연성목의 말에 대한은 조용히 하라는 제스처를 취했다.

그리고 아니나 다를까, 성묘객은 연성목이 언급했던 묘 앞에 멈춰 섰다.

그런데 도착한 묘를 얼마간 쳐다보던 성묘객이 대한에게 물었다.

"여긴 누가 정리해 놨습니까."

"저희 소대가 했습니다."

"군인이 이런 것도 합니까?"

"군인마다 다르겠지만 저는 합니다."

"왜 합니까?"

"다른 무덤은 다 벌초하러 가족들이 오셨는데 여기는 이번 주까지 아무도 안 오셨습니다. 저희 주둔지에 계신 것도 인연인데 당연히 챙겨 드려야죠."

대한의 대답에 성묘객은 한동안 침묵하더니 곧 들고 온 검은 봉지 안에서 준비해 온 것들을 주섬주섬 꺼내기 시작했다.

안동소주와 잔, 그리고 과일과 오징어 같은 약간의 음식들.

대한은 그 옆에 붙어 조용히 그의 상차림을 도왔다.

차례도 도왔다.

대한이 무릎 꿇은 성묘객에게 잔을 건네자 잔을 받아 든 성묘객의 손이 미세하게 떨리기 시작했다.

그의 눈은 붉게 충혈되어 있었다.

이윽고 대한이 술을 따라 주자 마침내 그의 눈에서 눈물이 흐르기 시작했다.

위로는 하지 않았다.

차례 중이기도 했고 사연도 모르면서 어설픈 위로를 할 바엔 차라리 안 하느니 못 했으니까.

대한은 술병을 내려놓고 성묘객이 들고 있던 잔을 조심스럽게 빼냈다.

그리고 올리고 있던 팔을 내려 주고는 고인께 잔을 올렸다.

이어서 대한도 절을 올리고 무덤 주변에 술을 뿌렸다.

연성목과 기태준은 뒤에서 어느 정도 거리를 두고 침묵을 지켰다.

성묘객의 눈물을 보았기 때문이다.

이어서 대한이 말했다.

"선생님 몫만 남기고 남은 술은 전부 다 뿌려 드리겠습니다."

대한은 경건하게 무덤 주위에 술을 뿌렸다.

그런 다음 성묘객을 위한 한 잔만을 남겨 놓은 뒤 성묘객 옆에 자리를 잡고 앉았다.

연성목과 기태준에겐 눈치껏 근처로 가 있으라고 했다.

남자의 눈에는 여전히 눈물이 흘렀다.

대한은 그의 슬픔이 잦아들기를 기다렸고 어느 정도 시간이
지나자 마침내 그가 입을 열었다.

"아까는 죄송했습니다."

울분이 빠져나가서 그런 걸까?

성묘객의 목소리가 한결 차분해졌다.

대한이 대답했다.

"전 괜찮습니다. 그보다 고인과는 관계가 어떻게 되십니까?"

"아, 인사가 늦었습니다. 홍만식이라고 합니다."

대한의 물음에 홍만식은 그제서야 지갑에서 명함 한 장을 건
넸다.

그는 태산조경이라는 조경회사를 운영하는 사장님이었다.

명함을 본 대한이 속으로 고개를 끄덕였다.

'역시.'

전생에서 본 그대로였다.

그는 올해 추석부터 찾아오기 시작한 새로운 성묘객이었는
데 주둔지에 유일하게 방치되어 있던 무덤의 후손이었다.

그래서 대한이 그를 기억하는 것도 있었다.

물론 이외에도 그는 전생에서도 오늘과 같은 굉장한 진상이
었던 점과 대한이 장교로 복무하면서 만난 첫 진상 성묘객이라
는 점도 대한의 기억에 한몫 했다.

'전생엔 진짜 어마어마한 진상이었는데.'

그땐 결국 대대장이 와서야 소동이 끝났을 정도였으니까.

대한이 모른 척 대답했다.

"사장님이셨네요. 회사 대표까지 하시는 분이 아까는 왜 그러셨습니까."

"죄송합니다. 오는 길에 일이 좀 있었는데 여러 가지 감정이 좀 겹쳐서 화가 주체가 안 됐습니다. 그 점에 대해선 다시 한번 죄송합니다."

"아까도 말씀드렸지만 전 괜찮습니다. 대신 이따 가실 때 위병소 애들한테만 직접 사과해 주셨으면 합니다."

"예. 그게 맞겠네요. 알겠습니다."

"지금 내려가실 건 아니시죠?"

"예, 조금만 더 있다가 내려가려고 합니다."

"그럼 저희 애들도 같이 앉아 있어도 되겠습니까."

"상관없습니다. 같이 과일이랑 오징어 좀 드시죠."

"성목아, 태준아. 이리 와서 과일 먹어라."

두 사람은 갑자기 변한 홍만식의 태도에 놀라는 한편 대한의 부름에 서둘러 다가와 앉았다.

홍만식은 음식을 건넨 뒤 얼마간 허공을 멍하니 지켜보던 끝에 천천히 입을 열었다.

"초면에 죄송하지만 혹시 제 이야기를 좀 들어 주시겠습니까?"

"가벼운 이야기는 아닐 것 같은데 제가 자격이 되겠습니까?"

"저희 할아버지랑 아버지 챙겨 주신 것 만해도 자격은 충분

합니다."

"알겠습니다. 편하게 말씀하십쇼."

대한의 긍정에 홍만식은 그제서야 한숨과 함께 사연을 풀어 놓았다.

"사실 어릴 때 아버지와 연을 끊었습니다. 그땐 가난이 아버지 탓이라 생각했으니까요."

대한은 조용히 그의 이야기를 경청했다.

전생에 그가 어떤 사람인지는 알고 있었지만 그가 가진 사연에 대해선 몰랐기 때문이다.

"아버지가 잘못된 선택만 한다고 생각했고 옆에서 답답해서 도저히 못 보겠더이다. 그래서 아버지한테 제 생각을 그대로 말했고 난생 처음으로 아버지한테 맞았습니다."

"충격이 크셨겠습니다."

"그렇죠. 꼴에 3대 독자라고 손 한번 안 대시던 분이 그러셨으니까 더 상처가 됐고 결국 아버지 장례식을 치르는 날도 보러 가지 않았습니다."

"그래도 돌아가시는 길은 보러 가시지 그러셨습니까. 따로 못 간 이유라도 있으셨습니까?"

"쪽팔려서요."

"예?"

"그땐 돈을 많이 못 벌 때였거든요. 가난이 싫어서 집을 나갔기에 다시 집에 가야 된다면 꼭 성공해서 가고 싶었습니다. 그렇게 차일피일 만남을 미루다 이제야 만족할 위치에 왔는데 이젠 너무 늦었습니다."

대한은 조용히 고개를 끄덕였다.

함부로 입을 열지 않았다.

몇십 년 묵은 그의 이야기에 새파랗게 젊은 자신이 감히 말을 얹을 자격은 못 됐으니까.

홍만식의 참회가 끝나자 아무도 입을 열지 않았고 한참의 침묵 끝에 대한이 말했다.

"태준아, 건빵 주머니에 얼음물이지?"

"예, 그렇습니다."

"여기 사장님 좀 드려라."

"아, 예."

기태준이 잽싸게 일어나 홍만식에게 얼음물을 건넸고 그 모습에 처음으로 얼굴에 미소를 그렸다.

"김 소위님은 다 듣고도 말씀이 없으시네요."

"제가 감히 무슨 말씀을 드릴 수 있겠습니까. 그냥 가르침을 받았다고 생각하고 생각만 정리 중이었습니다."

그 말에 홍만식이 피식 웃으며 말했다.

"……젊으실 텐데 명함 쥐고 계시는 것도 그렇고 평범한 분은 아니신가 봅니다."

"그건 홍 사장님이 더 그렇지 않겠습니까."

대한도 분위기에 맞춰 웃으며 말했다.

홍만식은 얼음물을 들이켜는 것을 마지막으로 속이 시원해지는 기분을 느꼈다.

"김 소위님 같은 분이 계셨으면 진작에 찾아뵐 걸 그랬습니다."

"딱 맞춰서 잘 오신 겁니다. 작년에 오셨으면 제가 없었을 겁니다."

"내년에는 계십니까?"

"내년에도 있긴 한데…… 다음에는 출입 신청해서 절차대로 오셨으면 합니다. 애들 힘들어 합니다."

"하하, 그 건은 다시 한번 죄송하게 생각하고 있습니다. 오는 길에 하도 착잡해서 스트레스를 엄한 곳에 푼 것 같습니다. 그보다, 여기 구역은 그럼 김 소위님이 계속 관리하시는 겁니까?"

"내년 6월까지는 제가 관리하고 있을 겁니다."

"6월이라…… 일단 반년은 넘게 남았네요. 그럼 혹시 부대에 들어와서 제가 일 하나만 좀 해도 되겠습니까?"

"어떤 일을 말씀하시는 건지?"

"할아버지랑 아버지 묘도 가꿀 겸 올라오는 길을 정리 좀 하려고 합니다. 자주 올 텐데 길이 이렇게 험해서 되겠습니까."

"흠, 글쎄요. 그게 가능한가……."

"제가 너무 감사해서 그렇습니다. 오는 길에 보니까 대충 메꿔 놓은 곳이 많던데 제가 울타리 보수 작업까지 같이 해 드리겠습니다. 당연히 비용은 제가 부담하겠습니다."

그 말에 대한이 속으로 웃었다.

그의 입에서 생각한 것 이상의 말이 나왔기 때문이다.

사실 안 될 거야 없었다.

아니, 오히려 감사하다고 해도 모자랄 판이었다.

조경 쪽은 돈 주고 사람을 부려도 그 비용이 엄청난데 길을 다듬는 것뿐만이 아니라 울타리 문제까지 같이 해결해 주겠다고 하니까.

하지만 예의상 한번 튕겼다.

해 준다고 덥석 받으면 너무 속이 보이니까.

"아이고, 아닙니다. 그렇게까지 해 주실 필요는 없는데 괜찮습니다."

"아닙니다. 저도 못 한 걸 소위님께서 해 주셨잖습니까. 돈은 또 벌면 그만이지만 이런 은혜는 함부로 지나치는 게 아니라고 배웠습니다. 비용 걱정 마시고 저한테 맡겨 주시면 꼼꼼하게 작업해 놓겠습니다."

홍만식의 간곡한 부탁.

대한은 그제서야 수락하는 척 운을 뗐다.

"그렇게까지 말씀하시니 그럼…… 알겠습니다. 그래도 절차라는 게 있으니 추석 지나고 대대장님께 말씀드린 담에 바로 연락드리겠습니다."

"예, 알겠습니다. 다시 한번 말씀드리지만 비용은 전혀 부담하실 필요 없으시니까 편하게 결정 부탁드린다고 꼭 좀 말씀 전달해 주세요. 뭐, 제가 따로 말 안 드려도 잘할 것 같긴 하지만 혹시나 해서 말씀드리는 겁니다."

기이한 그림이었다.

기부하는 건 홍만식인데 도리어 홍만식 쪽에서 부탁하는 꼴이라니.

대한은 속으로 웃었다.

원래는 전생에 왔던 진상, 스무스하게 한번 치워 보고자 한 마음에서 준비했던 일들인데 기대 이상의 성과를 올렸으니.

특히 단장이랑 대대장이 좋아할 걸 생각하니 벌써부터 미소가 그려졌다.

'내년부턴 좀 더 편해지겠군.'

전문가가 시공하는 일이니 부대에서 가라로 작업하는 것 따위와는 달리 퀄리티 자체가 다르리라. 그리고 이렇게 쌓인 작업물들은 모두 대한과 그들의 공이 될 것이다.

홍만식은 천천히 내려가면서 작업을 해야 할 곳들을 살폈고 사진을 찍어도 되냐는 물음에 대한은 흔쾌히 허락을 했다.

"군사 시설이 특정되는 곳도 아닌데 상관없습니다. 작업에 도움 되시도록 마음껏 찍으십쇼."

"저번에 군부대 공사 들어가니까 휴대폰 카메라를 아예 막아 버리던데…… 김 소위님처럼 시원시원하게 통과시켜 주시면 신나게 일할 수 있겠습니다."

"아, 이미 군부대 공사 경험이 있으십니까?"

"허허, 예. 몇 번 정도 해 봤습니다."

이미 경험이 있다니 더 든든함이 느껴진다.

물론 대한의 부대도 민간인이 부대에 출입할 때는 휴대폰 카메라를 막는다.

혹시 모를 보안사고를 막기 위함이었으니까.

하지만 홍만식은 괜찮다.

유도리는 이때 쓰라고 있는 것이니.

아니, 오히려 이렇게 된 거 그동안 전문가의 손길이 필요했던 곳들을 넌지시 몰아서 부탁해 볼 생각이다.

그 과정에서 손이 필요하면 얼마든지 지원해 줄 의향도 있었고.

홍만식은 필요한 만큼의 정보를 획득한 후에야 비로소 차량에 탑승했다.

"그럼 김 소위님, 추석 지나고 연락 주십쇼. 기다리겠습니다."

"예, 아침에 대대장님 뵙자마자 연락드리겠습니다. 그럼 가시는 김에 아까 말씀드렸던 것처럼 애들한테 사과만 좀 부탁드리겠습니다. 어차피 작업하게 되시면 그 친구들 맨날 보셔야 할 겁니다."

"하하, 예. 알죠. 미안해서 그런데 용돈을 좀 챙겨 줘도 되겠습니까? 아, 군인은 그런 거 받으면 안 되나?"

"에이, 오늘은 추석이라서 상관없습니다. 삼촌이 용돈 주고

갔다고 생각할 겁니다."

홍만식은 대한이 마음에 들었는지 안쪽 누런 금니가 보이도록 웃었다.

"참 재밌으신 분이네. 그럼 조만간 또 뵙겠습니다."

"예, 명절 잘 보내시고 조심히 들어가십쇼."

홍만식의 차량이 멀어져 간다.

그의 차가 저 멀리 보이지 않을 때쯤 대한은 입꼬리를 올리며 박희재에게 전화를 걸었다.

이런 기쁜 소식은 명절에 알려 주는 게 제맛이었으니까.

"충성! 대대장님 어디 계십니까?"

ㅡ어, 나 관사에 잠깐 들렀다.

"드릴 말씀이 있어서 그런데 잠시 들러도 되겠습니까?"

ㅡ뭔데, 심각한 거냐?

"그건 아니고 기쁜 소식입니다. 그래서 직접 전달해 드리고 싶어서 전화드렸습니다."

ㅡ그으래? 지금 바로 오냐?

"예, 바로 가겠습니다. 2분이면 도착합니다."

관사라면 이원영과 같이 있을 터.

타이밍도 기가 막혔다.

괜히 시간 끌다가 홍만식의 마음이 바뀌면 안 되었기에 대한은 곧장 관사로 이동하며 말했다.

"너희들도 고생했다. 들어가 쉬어."

"옙! 소대장님!"

연성목과 기태준은 대한의 뒷모습에 대고 경례를 한 뒤 생활관으로 올라갔다.

그리고 생활관에 도착한 기태준은 연신 감탄사를 뱉으며 수첩에 무엇인가를 적어 내려갔다.

✳

예상대로 관사에는 이원영과 박희재가 음식을 가득 늘어놓은 채 대화 중이었다.

보통 사람이었으면 숨 막힐 광경이었지만 대한은 조금도 부담스러워하지 않고 박희재의 권유대로 식탁에 앉았다.

박희재가 싱글싱글 웃으며 물었다.

"네 입에서 좋은 소식이라고 하니까 괜히 기대되네. 뭔데? 병력들 관련된 거냐?"

박희재의 말마따나 이원영의 표정에도 은근한 기대가 가득했다.

대한이 대답했다.

"아닙니다. 병력들은 이상 없이 잘 쉬고 있습니다. 제가 말씀드린 건 다름이 아니라 좀 전에 성묘객 한분이 다녀간 일 때문인데……."

대한은 홍만식이 들어왔을 때부터 나갔을 때까지의 이야기를 쭉 들려주었다.

그리고 모든 이야기가 끝났을 때 박희재의 미간이 한없이 깊어져 있었다.

이원영도 마찬가지였다.

"이상입니다."

"……."

"……."

말없이 미간만 좁히는 두 사람.

그러더니 이내 곧 박희재의 입에서 감탄사가 흘러나오기 시작했다.

"크……."

"캬……."

"단장님, 어떻게 생각하십니까?"

"참 훌륭하다고 생각된다. 대한아, 너는 어째 명절에도 한 건 해 버리는구나."

감탄사와 함께 고개를 끄덕이는 이원영.

박희재가 뒷말을 덧붙였다.

"조경회사 대표면 일처리도 꼼꼼할 텐데…… 그나저나 해 주신다는 거 한두 푼이 아닐 텐데 대한아 증말 잘했다. 말 한마디로 천 냥을 벌어 온 거나 마찬가지 아니냐."

"하하, 아닙니다. 해야 될 일을 했을 뿐입니다."

"우리 대한이가 참 겸손해."

"대대장은 참 운도 좋아. 만나도 어떻게 저런 놈을 만나서 말년에 이렇게 호사를 누리나?"

"하하, 그러게나 말입니다. 대한아, 이럴 게 아니라 그 사장님한테 당장 내일부터 와도 괜찮다고 말씀드려라."

"예, 알겠습니다."

대한은 웃으며 고개를 끄덕이고는 이원영을 바라봤다.

이원영은 부러움 가득한 눈으로 박희재를 쳐다보는 중이었는데 그 모습이 퍽 귀엽게 느껴졌다.

'저 양반도 요즘 고생 많이 했는데 선물 하나 줘야겠구만.'

사실상 박희재가 전역한다면 이원영이 최대의 뒷배가 된다.

그가 장군까지 올라간다면 대한의 군 생활은 꽃길 그 자체일 터.

그렇기에 지금부터라도 꾸준하게 호감도를 올려놓을 필요가 있었다.

대한이 이원영에게 물었다.

"단장님, 그래서 말인데 혹시 관사에 예산 나온 거 있으십니까?"

"관사? 아니, 없지. 갑자기 그건 왜?"

"이번에 홍 사장님이 작업할 때 단장님 관사도 함께 부탁드려 보려고 합니다."

"에이, 괜찮다. 부대에 들어가는 거면 몰라도 관사에 들어가는 거면 그분도 거부감이 있으실 거다."

이원영은 손을 내저으며 대답했지만 그의 얼굴에 비치는 은은한 기대감은 숨겨지지가 않았다.

당연했다.

군 생활하면서 관사 꾸미는 거 싫어하는 지휘관을 본 적이 없었으니까.

'사실상 별장 하나 갖는 거나 마찬가진데 당연히 좋아하지.'

개인 공간은 권력이다.

원룸 같은 게 아니라 마당 딸린 독채라면 더더욱.

그렇기에 대한은 본인을 제대로 각인시킬 기회를 놓치지 않기로 했다.

"제가 지금 대대장님 허락 떨어졌다고 말씀드리면서 넌지시 한번 물어보겠습니다. 기분 좋을 때 물어봐야 뭐든 부드럽게 통과되지 않겠습니까?"

"흠흠, 그래? 그럼 한번 물어나 봐줄래?"

"예, 잠시만 기다려 주십쇼."

이원영이 못 이기는 척 손짓하자 대한이 서둘러 밖으로 나가 통화를 했다.

그 사이 박희재가 이원영을 보며 혀를 찼다.

"쯧쯧, 관사 고쳐 준다니까 그저 좋다고…… 이래서 별 달겠나?"

"대한이가 물어본다는데 그걸 말릴 순 없잖아? 그 사람이 자선 사업가도 아니고 당연히 안 된다고 하겠지."

"그렇게 말하는 놈치곤 광대가 너무 올라가 있는데?"

"흠흠, 명절이잖냐. 표정이 좋을 수밖에 없지."

"아닌 것 같은데……."

그 사이 통화가 완료됐다.

대답은 당연히 예스.

대한이 얼른 희소식을 전했다.

"관사 올라오는 계단이랑 담장, 그리고 마당까지는 손봐 주신답니다."

"그으래? 내가 괜히 부담드린 거 아니냐?"

"아닙니다. 원래도 그렇게 하시려고 했다고 합니다. 조경 하시는 분이라서 집은 못 봐 드린다고 죄송하다고 말씀 전해 달라고 하셨습니다."

"어휴, 죄송하기는. 인품 참 좋으신 분이네."

대한의 대답에 이원영의 입꼬리는 도무지 내려갈 줄을 몰랐다.

그것을 본 박희재가 피식 웃으며 말했다.

"단장님, 너무 좋아하시는 것 같습니다?"

"어흠흠, 내가 언제 좋아했다고 그러나?"

"입꼬리나 눈꼬리 중에 하나는 내리고 말씀하십쇼. 대한아, 이런 건 절대 그냥 넘어가면 안 된다. 단장님 전역하기 전까진 어떻게든 다시 받아 내야 해. 알지?"

"하하, 아닙니다. 괜찮습니다."

"아냐, 대한이 네가 없었다면 이런 기회도 없었겠지. 내가 꼭 도움 되는 자리에 가서 보답하마."

박희재의 태클에 이원영이 먼저 수비한다.

역시 육사 나온 사람은 달라.

덕분에 대한도 시원하게 웃을 수 있었다.

"하하, 예! 그럼 기쁜 마음으로 기다리고 있겠습니다! 그럼 저는 당직 근무 중이라 먼저 내려가 봐도 되겠습니까?"

"그래, 명절 당일 근무 고생하고 얼른 내려가서 일 봐라."

"그럼 가보겠습니다. 충성!"

대한이 관사에서 나가자 박희재가 이원영에게 말했다.

"진짜 챙겨 줄 거지?"

"그만 좀 말해라. 전부터 대한이 챙겨달라고 귀에 딱지가 앉도록 말했는데 내가 안 챙겨 줄까? 나 못 믿어?"

"어흠흠, 그건 아니지만 그냥 노파심에 하는 말이지. 솔직히 말해서 너 여태 후배 중에 누구 챙겨 준 사람 하나 없잖냐."

"그건 챙겨 줄 만한 놈이 없으니까 그런 거고 대한이는 다르지. 대한이는 무조건 챙겨 줘야 한다."

"관사 때문에 그런 건 아니고?"

"꼭 그것 때문만은 아니고…… 아참, 이제야 말하는 건데 엄 장군님이 그러시더라, 혹시 파병부대장 해 볼 생각 있냐고."

"엄 장군이?"

"엉, 대한이가 그때 파견 나갔다 일처리를 기깔 나게 해 놔서 그런지 그 덕이 나한테까지 왔어. 그래서 고민 중이다."

"파병부대장이면 뭘 고민해? 바로 가야지."

"집사람이 아프잖냐."

"수술 날짜도 잡혔는데 단장 보직 끝날 때쯤이면 괜찮아지 겠지."

"그러면 좋은데…… 뭐 일단 시간 좀 있으니까 고민 좀 해 봐 야지. 그리고 거기 가면 대한이 끌어 주기도 좀 그렇고."

"아, 그건 그렇겠네. 거기 가 봤자 대한이 대위 달고 고군반 에 있을 텐데."

이원영이 파병부대장에 간다하더라도 대한을 데리고 오기 에는 시기적으로 맞지 않았다.

차라리 대한이 대위에 진급한 뒤라면 모를까.

이원영은 잠시 고민에 빠졌다가 입을 열었다.

"너랑 이야기하니까 갑자기 머리가 정리되네. 일단 원래 생 각했던 대로 육본이나 국방부쪽 알아봐야겠어."

"그래, 이왕 가는 거면 대위 자리 있는 곳으로 가라."

"당연하지. 올라가는 길에 엄 장군님한테 전화나 드려야겠 다."

"그 선배 또 삐질라. 말 잘해라."

"이제 그런 걸로 삐질 사이 아냐, 인마. 다 먹었으면 우리도 슬 일어나자."

이원영과 박희재는 계급을 내려놓은 채 친구처럼 관사를 벗어났다.

✹

대한은 지휘통제실로 복귀하기 전 피엑스에 들렸다.

피엑스는 명절 고속도로처럼 줄이 엄청 길었다.

하지만 대한은 남일 구경하듯 줄을 쭉 바라보더니 계산대에 가서 카드를 내밀었다.

그러자 기다리고 있던 관리병이 웃으며 봉지 하나를 내밀었다.

"일찍 담아놔서 다행입니다. 벌써 물량 다 털려서 내일부터는 아마 문 못 열 것 같습니다."

"명절은 다르네. 근데 명절이라고 창고 가득 채워 놓지 않았느냐?"

"넘치도록 채워 놨는데 어제부터 병력들이 사재기를 시작했는지 물량이 한 번에 다 빠졌습니다."

관리병 말대로였다.

진열대와 냉장고 대부분이 텅텅 비어 있었다.

"고생이 많네. 네 담배도 결제했지?"

"하하, 예. 매번 감사합니다."

"내가 고맙지. 간다. 고생해라."

"예, 고생하십쇼! 충성!"

대한이 피엑스에서 나오자 줄을 서 있던 박태현이 놀라며 물었다.

"엥, 소대장님 뭘 그렇게 들고 나오십니까? 먹을 것도 거의 없던데?"

"미리 맡겨 놨던 거야."

"와, 그래도 됩니까? 치사하십니다."

"여기 네 것도 있는데?"

그 말에 박태현이 바로 줄에서 나와 대한이 들고 있던 봉지를 빼앗아 들었다.

"제가 지통실까지 모시겠습니다."

"그래, 어른 가자꾸나."

대한이 흡족한 표정으로 고개를 끄덕인다.

그렇게 막사로 복귀하던 중, 기태준이 야외 공중전화 박스에서 통화하고 있는 대한의 눈에 들어왔다.

"태현아, 아이스크림 2개 꺼내 봐라."

"예. 여기 있습니다."

"나머지는 지통실 들고 가서 중대장님이랑 같이 먹고 있어. 태준이만 보고 갈게."

"예, 알겠습니다!"

박태현은 바로 출발했고 대한은 아이스크림을 든 채 공중전화로 다가갔다.

우리 막내 아이스크림 하나 챙겨 줄 요량으로.

공중전화 박스는 더위 때문에 문이 살짝 열려 있었다.

대한이 기태준을 부르려던 차, 기태준의 목소리가 박스에서 새어 나왔다.

"……보고드리겠습니다."

'보고?'

보고라는 말에 대한의 눈이 좁혀진다.

Chapter 2

그 순간, 대한의 인기척을 느낀 기태준이 대한을 보자마자 경례를 올렸다.

"충성!"

놀라거나 당황한 기색은 없었다.

그저 평소처럼 자연스럽게 경례할 뿐.

대한이 물었다.

"왜 더운데 밖에서 전화하고 있어? 막사에도 공중전화 있잖아."

"줄이 길어서 나와서 하는 중이었습니다."

"그래? 명절이라고 다들 부모님한테 전화하는가 보네. 너도야?"

"예, 그렇습니다."

"근데 아버지가 군인이셔?"

그 말에 기태준의 눈이 살짝 좁아졌다가 돌아왔다.

"회사 다니십니다."

"그래? 근데 아까 아버님한테 보고라고 하지 않았어?"

"아…… 그건 그냥 선임들 흉내 한번 내봤습니다."

"귀엽네. 아이스크림 먹어라. 전화 더 할 거냐?"

"아닙니다. 올라가서 먹겠습니다."

대한은 고개를 끄덕이고는 기태준과 함께 막사로 들어갔고 2층으로 올라가기 전 기태준이 웃으며 경례했다.

"충성, 고생하십쇼!"

"그래, 쉬어라."

대한도 웃으며 그의 경례를 받아 주었고 기태준이 시야에서 사라지자마자 대한의 얼굴에도 웃음이 사라졌다.

'수상하네.'

이등병이 갑자기 나타난 장교를 보고 놀라는 기색도 없고 선임 흉내를 냈다고 할 때도 부끄러워하는 기색이 전혀 없었다.

에이스라기엔 너무 자연스러운데?

원래 성격이 그런 건가?

하지만 그냥 넘겨짚기엔 대한은 보았다. 아버지가 군인이냐고 물었을 때 기태준의 눈동자가 아주 잠깐이지만 흔들리는 걸.

기태준은 아버지가 회사원이라고 했지만 말이다.

'뭐…… 알려 주기 싫은가 보지.'

일단은 그냥 그런가 보다 하기로 했다.

부하에 대해 아는 건 좋지만 일부러 사생활을 꼬치꼬치 캐묻는 건 그다지 좋은 방법이 아니었으니까.

대한은 이내 표정을 정리한 뒤 지휘통제실 문을 열었다.

그 시각.

기태준은 대한에게 경례한 뒤 계단을 반 층 정도 오른 후 자리에 멈춰 대한의 발소리에 귀를 기울였다.

그런데 대한의 발소리가 얼마간 멈춰 있다 움직이자 기태준의 미간이 자연스레 좁아졌다.

'하…… 귀찮아지겠네.'

기태준이 조용히 한숨을 내쉬며 다시 계단을 올랐다.

※

지휘통제실에 들어가자 이영훈과 박태현이 과자 파티를 벌여놓은 상태였다.

"아니, 야간에 저 먹을 건 남겨 두셔야 하는 거 아닙니까?"

그 말에 이영훈이 입을 비쭉 내밀며 놀렸다.

"이건 근무자 잘못이지. 그러게 누가 자리 비우래?"

"내기에서 져서 많이 슬프신가 봅니다."

"아닌데? 아닌데? 하나도 안 슬픈데?"

"역시 중대장님이십니다. 그런 의미에서 약속 확실히 지키셔야 합니다. 오늘 하루라고 했으니 자정 전까진 절대 어디 가시면 안 됩니다. 흡연도 허락 말고 가십쇼."

"아니, 그건 너무한 거 아니냐?"

"그러게 누가 내기 지라고 했습니까?"

"와, 이걸 이렇게 돌려주네."

킬킬 거리는 두 사람.

이어서 자리에 앉은 대한이 박태현에게 물었다.

"야, 태현아. 너 태준이에 대해 아는 거 뭐 있냐?"

"신병 말입니까? 어떤 거 말입니까."

"가정사? 아니면 밖에서 뭐 하고 들어왔는지."

"흠, 저희 분대가 아니라서 잘은 모르겠는데…… 한번 물어봐 드립니까?"

"아니다. 모르면 됐다."

"왜 그러십니까? 이상한 놈입니까?"

"아니 그냥 한번 물어본 거야, 이등병이잖아."

"제가 신병 챙길 짬이 아니라서 잘은 모르지만 잘 적응하고 있는 것 같습니다."

"그럼 다행이고. 싹싹한 게 에이스 떡잎이더만."

"맞습니다. 경례 소리만 들어 봐도 딱 티가 나지 않습니까. 제가 오죽하면 조용히 하라고 할 정도입니다."

두 사람의 대화에 이영훈이 물었다.

"뭐야, 태현이를 벌써 부소대장으로 임명한 거야?"

"이미 부임한 지 한참 됐는데 모르셨습니까?"

"중대장이 모르는 부소대장도 있구나. 참, 군대 거꾸로 돌아가도 한참을 거꾸로 돌아가는구만."

"하하, 농담입니다. 그나저나 중대장님은 태준이 면담하지 않으셨습니까?"

"했지. 왜?"

"뭐 특별한 점은 없었습니까?"

"태준이한테 관심이 많나 보네. 뭐가 궁금하냐?"

"그냥 아직 잘 몰라서 여쭤봤습니다. 부모님이 회사원이라고 한 것까진 들었습니다."

"응, 그냥 회사원에 주부셔. 특별한 건 없던데?"

그런가.

너무 과민 반응한 건가?

주변에서도 별 이상이 없다고 하니 대한도 고개를 끄덕이며 다시 신경을 끄기로 했다.

"그나저나 중대장님, 오늘 점심은 어떻게 하실 겁니까?"

"뭘 어떻게 해? 식당 가야지."

"뭐 시켜 드립니까?"

"오? 진짜?"

"내기에 진 것도 억울하실 텐데 제가 한턱 쏘겠습니다."

"이야, 우리 소대장님 시원시원해서 좋다니까. 태현아 뭐 먹을래?"

이영훈이 휴대폰을 꺼내 들자 박태현이 서둘러 옆에 붙었다.

"추석이라 문 연 곳부터 찾아야 하지 않겠습니까?"

"아, 맞다. 아씨, 대한이 너 이거 알고 일부러 시키라고 한 거 아니냐?"

"오, 그럼 없던 일로 합니까?"

"라고 할 뻔했네. 걱정하지마라, 반드시 찾아서 시킬 테니."

"저는 아무거나 적당히 시켜 주십쇼. 그럼 전 잠시 자리 좀 비워도 되겠습니까?"

"어디 가려고?"

그 말에 대한이 휴대폰을 흔들어 보이며 말했다.

"명절이잖습니까."

"아아, 그렇지. 다녀와라."

척하면 척이었다.

카드를 주고 온 대한은 정작과로 넘어와 책상에 앉았다.

'이제 군인의 명절을 한번 시작해 볼까.'

군인의 명절.

그것은 바로 명절에 안부 연락 돌리기.

아직 소위라 연락할 군인들이 많이 없어서 다행이었다.

그도 그럴 게 장교로 어느 정도 군 생활을 하다 보면 명절 당일에는 하루 종일 전화기만 붙들고 있어야 했으니까.

'거쳐 갔던 지휘관과 일하면서 알게 된 상급자들한테 싹 다

전화를 돌리면서 인맥을 확인하는 시간이지.'

소위라고 생략해선 안 됐다.

대한은 장기에 뜻이 있었으니까.

이윽고 어디론가 전화를 걸었고 얼마 뒤 휴대폰 너머로 목소리가 들려왔다.

−예, 전화 받았습니다.

대답을 들은 대한은 순간 헛웃음이 나왔다.

이런 대답이 돌아오는 건 자기 번호를 저장 안 해 놨다는 뜻이니까.

상관없다.

상대가 상대이니 만큼 어느 정도 이해가 됐으니.

대한이 말했다.

"충성! 소위 김대한입니다. 잘 지내셨습니까. 사단장님."

−······김 소위? 아, 김 소위! 이야, 내가 명절에 소위 전화는 또 오랜만이네.

대한이 전화 건 사람.

다름 아닌 엄두호였다.

대한의 전화를 받은 엄두호는 진심으로 웃음을 터뜨렸다.

살다살다 소위가 안부 전화를 하는 건 또 처음이었으니까.

그렇기에 대한도 조금 섭섭했던 마음이 풀렸다.

엄두호의 반응이 생각 이상으로 좋았기 때문이다.

대한이 입꼬리를 살짝 올리며 말했다.

"명절 잘 보내고 계신가 해서 연락드렸습니다."

―하하, 잘 보내고 있지. 그나저나 이 대령이 시켰나? 어떻게 나한테 연락할 생각을 했지?

충분히 그리 생각할 수도 있다고 생각했다.

보통의 소위라 함은 사단장에게 안부 전화할 생각은 못 했으니까.

그렇기에 얼른 부정했다.

"누가 시켜서 연락드린 건 아닙니다. 부대에서 차례를 지내고 난 뒤에 사단장님 생각이 나서 전화 드렸습니다."

―하하, 아직 이 대령도 연락 안 왔는데 김 소위가 알아서 먼저 연락이 올 줄이야. 재밌구만.

아차.

이원영한테 먼저 연락한다고 말 했어야 했나?

대한은 혹시나 이원영이 밉보일까 싶어 서둘러 변명을 시작했다.

"저희 단장은 차례를 지내고 정리 중이라 아직 연락을 못 드린 것 같습니다."

―알지, 부대장들은 항상 늦게 전화 오니까. 그래, 김 소위는 명절 잘 쉬고 있는가?

"예, 당직근무를 서며 병력들과 행복한 명절을 보내는 중입니다."

―하필 또 오늘 같은 날 김 소위가 당직이라니. 그래도 김 소

위 덕분에 지휘관들이 발 뻗고 편히 쉬겠구나. 김 소위가 당직이면 나도 든든하지.

"하하, 감사합니다."

─그래, 내가 항상 응원하고 있으마. 혹시 힘든 일이나 도울 일 있으면 언제든지 전화해라. 내 힘이 닿는 데까지 도와줄 테니까.

그 말에 대한은 자기도 모르게 광대가 올라갔다.

전생과는 확실히 다른 안부 전화였기에.

대한이 올린 광대 그대로 대답했다.

"예, 기대에 부응토록 더 열심히 노력하겠습니다."

─믿고 있으마.

"예, 명절 잘 보내시고 종종 연락드리겠습니다."

─즐거운 소식 기다리고 있겠다. 근무 고생하거라.

"예, 알겠습니다! 충성!"

─충성.

전화를 마친 대한은 얼마간 이 기분을 즐긴 뒤 이어서 이원영에게 전화를 걸었다.

"충성! 단장님, 통화 괜찮으십니까?"

─어, 대한아. 말해라.

"제가 50사단장님께 안부 인사를 드렸는데 단장님보다 먼저 연락 왔다고 하시면서 즐거워하셨습니다."

─……엄 장군님한테 연락드렸구나.

"예, 제가 잘 모르고 연락드려서 죄송합니다. 일단 사단장님께 단장님이 차례를 지내고 정리 중이라 말씀드렸습니다."

대한의 말을 들은 이원영이 조용히 한숨을 내쉬었다.

—후, 네가 날 살려 주는구나. 잘했다.

"바로 둘러대서 이해하시는 듯했으나 통화하면서 단장님이 언급되어서 보고드리려고 연락드렸습니다."

—고맙다. 바로 연락드려야겠다. 근무 잘 서고 다음 주에 점심이나 한 끼 하자꾸나.

"예, 알겠습니다. 충성!"

대한은 이어서 천용득에게 전화를 건 뒤 휴대폰을 집어넣으려다 마지막 사람에게 전화를 걸었다.

아니, 걸려고 했다.

그 사람에게 먼저 전화가 오지만 않았으면.

'타이밍 보게?'

대한에게 전화를 건 사람.

다름 아닌 유소연이었다.

"예, 유 하사."

—충성! 명절 잘 보내고 계십니까?

수화기 너머로 들리는 명랑한 목소리.

목소리에 생기가 넘쳐 다행이라는 생각이 들었다.

"예, 잘 보내고 있습니다. 유 하사도 잘 쉬고 계십니까?"

—방금 부대에서 차례 다 지내고 나가는 길입니다.

"안 그래도 전화할까 싶었는데 마침 전화를 하셔서 이렇게 안부를 묻게 됩니다. 새로운 곳 근무는 할 만하십니까."

−예, 아주 좋습니다. 요즘 칭찬받아가면서 일하고 있습니다. 근데 정말 저한테 전화하려고 하셨습니까?

"예, 조금 걱정도 되고 해서 전화하려고 했습니다."

−히히.

히히?

순간 잘못 들었나 싶었다.

그러나 유소연은 정말로 웃고 있었다.

이어서 유소연이 말했다.

−부대는 언제 놀러 오십니까? 아니, 오늘 퇴근 언제 하십니까?

"저 오늘 당직 끝나고 집에 갈 예정입니다."

−아…… 당직이셨습니까?

"예, 왜 그러십니까, 뭐 필요한 거 있으십니까?"

−아, 아닙니다. 오늘 당직 아니었으면 식사 같이할 수 있나 해서 여쭤봤습니다.

"오늘은 좀 그렇고 다음에 같이하시죠."

−다음에 언제 말입니까?

뭐지.

당장 정하라는 건가?

그냥 한 말이었는데 유소연은 생각보다 집요했다.

그래서 달력을 한번 살펴본 뒤 어물쩍 대답했다.

"어…… 다음 주?"

–다음 주 정확히 언제가 괜찮으십니까? 제가 공병단 쪽으로 가겠습니다.

"다음 주는 언제든 괜찮을 것 같습니다. 유 하사는 괜찮습니까? 평일 저녁에 넘어오시려면 차 많이 막힐 텐데."

–그럼 주말은 어떻습니까?

"흠, 주말도 상관없을 것 같습니다."

–그럼 다음 주 토요일 날 뵙겠습니다.

"예, 알겠습니다. 올 때 연락 주십쇼."

–알겠습니다! 그럼 다음 주 토요일 날 뵙겠습니다. 충성!

대한은 한껏 신나서 전화를 끊은 유소연을 떠올리고는 이내 측은해졌다.

'주말에 만날 사람도 없나? 예뻐서 친구 많을 줄 알았는데.'

대한은 여러모로 불쌍한 유소연에게 잘해 줘야겠다고 생각했다.

✵

추석 연휴가 끝나고 첫 일과.

대한은 주차장에 세워진 박태록의 차 트렁크를 보며 감탄했다.

"보급관님 혹시 투잡 뛰십니까?"

"하하, 군 생활도 바쁜데 어떻게 투잡을 뜁니까?"

"근데 이거…… 이야, 이 정도면 프로 목수라고 해도 어색함이 없겠습니다."

말 그대로였다.

박태록은 차를 2대 가지고 있었는데 한 대는 자신의 취미인 목공 장비가 가득 실려 있는 목공차, 그리고 나머지 한 대는 평소 출근용으로 쓰는 일반차였다.

박태록은 그중 그동안 아무에게도 공개하지 않았던 목공차를 가지고 나타난 것.

'어지간한 목수들 장비보다 본인 장비가 더 좋다고 했었지.'

실려 있는 장비값 합계만 일이천을 호가한다고 했다.

아저씨들이 취미에 진심이면 얼마나 돈을 바르는지 알 수 있는 대목이기도 했고.

그렇기에 대한은 꼭 박태록이 필요했다.

전생에 이런 사실들을 들었는데 어떻게 인력을 방치할 수 있겠는가.

'그래도 다시 봐도 놀라운 건 어쩔 수가 없네.'

대한의 칭찬에 신난 박태록이 열변을 토하며 자신의 장비들에 대해 설명을 시작하자 대한은 열심히 추임새를 넣으며 장단을 맞췄다.

현재 대한이 할 수 있는 그것뿐이었으니까.

이윽고 도서관 자리에 도착한 박태록이 물었다.

"책장은 어떻게 만들어 드리면 됩니까?"

"사이즈는 전에 말했던 대로 해 주시면 되고 그 외엔 그냥 보급관님만 믿겠습니다."

"하하, 알겠습니다. 저만 딱 믿고 계십쇼."

대충 만드는 게 1차 목표였지만 아무래도 박태록의 열정을 보니 무리일 것 같다는 생각이 든다.

그래도 뭐 대충 만드는 것보다야 낫지.

어쨌든 최소 기준치라는 게 있으니까.

대한은 박태록에게 퀘스트를 내려 준 뒤 다음 할 일을 위해 정작과로 슬쩍 이동했다.

"충성. 정작과에 용무 있어 왔습니다."

"어, 대한아. 왔어?"

웃으며 대한을 반기는 여진수.

웃으며 반기는 걸 보니 아무래도 맡긴 일을 잘해 낸 모양.

대한이 슬쩍 미소를 띠우며 물었다.

"어떻게 됐습니까?"

"어떻게 되긴, 우리가 말해 주기만을 기다렸다고 하더라."

동시에 대한에게 메모지 하나를 내밀었다.

"이게 시장이 말한 실무자 번호다. 제일 가까운 도서관이라니까 전화해서 책 받아 와라."

실무자 번호를 본 대한은 속으로 웃었다.

역시 대한민국 인맥사회.

시장쯤 되는 거물이 나서니 귀찮은 과정들은 모두 생략되며 한 방에 해결이 됐다.

"감사합니다, 과장님. 역시 과장님이십니다. 덕분에 일이 한결, 아니 두결은 편해진 것 같습니다."

"짜식 아부하긴. 아무튼 이제 우리 사이에 섭섭한 건 없는 거야?"

"여부가 있겠습니까. 그럼 지금 바로 출발하겠습니다. 아참, 그나저나 과장님?"

"왜?"

"혹시 슬하에 자녀분들 올해 나이가 어떻게 되는지 여쭤봐도 되겠습니까?"

"애들은 왜?"

애들 나이를 묻자 여진수가 문득 불안한 표정으로 되묻는다.

"그냥 궁금해서 여쭤보고 싶었습니다."

"뭐 이상한 거 준비하려는 건 아니지? 안 된다. 우리 애들만큼은."

"……그런 거 아닙니다."

"농담이야, 인마. 아들놈은 일곱 살이고 딸애는 다섯. 근데 진짜 뭐 하려고?"

"하하, 비밀입니다. 알겠습니다."

필요한 정보도 물었겠다, 용무를 마친 대한은 정작과에서 나오자마자 바로 대대장실로 들어갔다.

책을 확보했으니 이젠 이동수단을 구해야 했기 때문이다.

"충성!"

"어, 무슨 일이야."

"혹시 차 좀 써도 되겠습니까?"

"어, 써."

이 양반도 참.

아직 무슨 차인지, 왜 써야 하는지도 말 안 했는데 바로 오케이부터 갈겨 버리다니.

대한이 피식 웃으며 말했다.

"용도에 대해선 안 물으십니까?"

"뭐 어련히 필요하겠지. 뭔데?"

"도서관에 넣을 책 좀 가지러 가려고 합니다."

"책? 역시 너한테 시키길 잘했어. 속도가 아주 마음에 들어."

흡족하게 웃는 박희재.

그 말에 대한도 반사적으로 감사하다고 대답하려 했다.

'잠시만 나한테 시키길 잘했다고?'

이거 우리 중대한테 시킨 거 아녔어?

대한이 물었다.

"대대장님, 말씀 중에 죄송합니다만 이번 일, 저희 중대에 지시하신 거 아니셨습니까?"

"……어, 맞지? 내가 아까 뭐라고 했었지?"

"저한테 시키신 거라고……."

"으하핫, 내가 잠시 말이 헛 나온 모양이네. 내가 너를 너희 중대 그 자체로 생각하다 보니 그런 말이 나온 모양이야."

어색하게 웃는 박희재.

그럼 그렇지.

애초에 날 겨냥하고 벌인 일이었구만.

하지만 대대장에게 꼽 줘서 뭣하랴.

대한이 웃으며 말했다.

"다음부턴 저한테 직접 말씀하셔도 됩니다. 대대장님이 명령하시는 거라면 전 언제든지 따르겠습니다."

"크흠흠, 알겠다."

대한이 저리 말하자 박희재는 오히려 더 민망해짐에 헛기침을 했고 대한은 계속해서 보고를 이어나갔다.

"도서관은 이번 주 내로 완성이 될 것 같습니다. 대대장님이 어느 정도 수준을 원하시는지는 모르겠지만 가용한 자산을 최대한 동원했고 부족한 것은 제가 인사과장을 하면서 보완하겠습니다."

"그럼, 나도 엄청난 걸 바라지 않는다. 그냥 애들이 도서관이라고 생각할 정도면 충분해."

"그 정도는 가능할 것 같습니다. 아, 그리고 도서관 관리병을 한 명 뽑아야 할 것 같은데 추천하실 병사가 있으십니까?"

"내가 뭘 알겠냐, 네가 생각해서 적임자한테 시켜."

"알겠습니다. 그럼 그 인원 휴가는 한 달에 하루 주는 것으로 하고 찾아보겠습니다."

대한의 일처리에 박희재는 다시 한번 흡족한 표정을 숨기지 않았다.

사실 대대장은 도서관을 만드는 것 이외에 다른 요소들은 일절 생각하지 않았다.

이런 건 참모들이 알아서 다 해 줄 거라고 생각했으니까.

근데 이제 겨우 소위라는 녀석이 참모 못지않게 일처리를 해 주니 당연히 흡족할 수밖에.

그렇기에 확신이 들었다.

'어쭙잖은 선배들은 싹 다 먹히겠구만.'

박희재가 고개를 끄덕이며 밖에 있는 운전병을 불렀다.

그리고 차량을 정문에 대기시키라 말하고는 대한에게 말했다.

"천천히 다녀와. 책 옮길 병력들도 꼭 데리고 나가고 우리 대한이 책 나르다 허리 나갈라."

"알겠습니다. 다녀와서 보고드리겠습니다."

"따로 보고 할 필요 없다. 운전병한테 복귀 보고 들으면 돼. 그러니까 시간 생각하지 말고 편하게 다녀와."

"예, 감사합니다. 그럼 다녀오겠습니다, 충성."

대대장의 넉넉한 배려에 대한은 여유롭게 대대장실을 벗어나며 실무자에게 전화를 걸었다.

－네, 금호도서관입니다.

"안녕하십니까. 공병단의 김대한 소위라고 합니다. 도서 지원 관련해서 실무자분이라고 해서 연락드렸습니다."

－아, 예! 안 그래도 연락 기다리고 있었습니다. 오늘 오신다고 들었는데 언제쯤 오실까요?

대한은 실무자의 밝은 목소리에 뭔가 불안감이 스쳤다.

'뭐지, 보통은 귀찮아하는데 왜 이렇게 목소리가 밝지?'

이게 시장이 가진 힘인 건가?

그래도 다행이라면 다행이었다.

뭐든 긍정적이고 협조적인 편이 일처리가 빠르니까.

"지금 출발 준비하고 있습니다. 20분 안에는 도착할 것 같습니다."

－혹시 트럭 가지고 오시나요?

"……트럭 말씀이십니까?"

－예, 책이 좀 많아서요. 군대에는 트럭이 있지 않나요?

"있긴 한데…… 일단 가서 보고 판단하겠습니다."

－알겠습니다. 조심해서 오세요.

아.

왜 이렇게 불안하나 했더니 이거였구만.

대한은 딱 봐도 책이 많을 거라 판단되어 얼른 생활관으로 향했다.

그리고 소대 생활관에 굴러다니는 잉여 인력 2명을 확인할
수 있었다.

박태현과 기태준이었다.

"왜 너희만 여기 있냐? 다른 애들은?"

"다른 애들은 다 보급관님 도와드리러 갔습니다."

"너는?"

"전 왕고지 않습니까. 그런 곳 갈 짬이 아닙니다."

"그럼 얘는?"

"아무것도 할 줄 모른다고 안 데리고 갔습니다."

"이유가 아주 군대다워서 좋다. 그럼 둘 다 할 거 없지? 둘
다 베레모 챙겨서 따라와."

"어, 어디 가십니까?"

"탈영하려고."

"……예?"

"영외 업무 좀 보려는데 일손이 모자라. 너희가 좀 도와라."

"아휴, 놀래라. 예, 알겠습니다!"

잉여인력들을 태운 차가 금호도서관으로 출발한다.

✳

도서관에 도착해 창고를 안내받은 대한은 자신의 눈을 의심
했다.

"저희가 가져갈 게 이것들 전부입니까?"

"하하, 예. 맞습니다."

양이 많을 거란 건 얼추 예상했지만 이 정도로 많을 줄이야.

심지어 책 상태도 몹시 좋았다.

대한이 먼지 쌓인 책들을 보며 물었다.

"얼마나 된 책들입니까?"

"얼마 안 됐습니다. 끽해야 3년?"

"책 상태는 괜찮습니까?"

"아시다시피 이용자가 많은 도서관은 아니라 새 책도 많습니다."

"음? 그래도 새 책인데 이런데 뭐도 되는 겁니까?"

"저희 도서관이 넓은 편이 아니라서 들어오는 책들을 다 수용하기가 어려웠습니다. 그래서 하나둘씩 쌓다 보니 이렇게 됐네요."

그때, 얼마간 창고 내부를 둘러보던 박태현이 불안한 목소리로 물었다.

"소대장님, 설마 여기 있는 것들 전부 먼지 털고 직접 확인하실 겁니까?"

"새 책도 있다는데 그래야지."

"아…… 소대장님, 살려 주십쇼."

"부소대장이 이 정돈 해야지. 엄살 부릴래?"

"저 아직 부소대장 아닙니다."

"시끄럽고 하기나 해. 나도 도와줄 테니까. 그전에 마스크랑 장비템 몇 개만 좀 사러 가자."

"장비템 말씀이십니까?"

"그럼 이 많은 걸 일일이 다 손으로 치우리?"

대한은 읍내로 나가 마스크와 고글을 비롯한 이번 임무에 딱 맞는 아이템을 하나 구해 왔다.

다름 아닌 송풍기였다.

대한이 기관총처럼 그것을 꺼내 들며 말했다.

"이게 먼지 먹는 일이라 젤 힘든 일인 거 알지? 이제 불평하면 안 된다?"

"여부가 있겠습니까."

이윽고 대한의 먼지털이 작업이 시작됐고 약 1시간이 지났을 무렵, 창고는 생각 이상으로 깨끗해질 수가 있었다.

'마스크랑 고글 안 가져왔음 폐병 걸렸겠네.'

하지만 최대한 세워야 하는 게 장비빨이라고 대한은 손쉽게 먼지를 처리할 수 있었고 잠시 구경 차 들른 실무자 또한 대한의 일처리에 연신 혀를 내둘렀다.

"이, 이걸 벌써 다 치우셨습니까?"

"시간이 금 아닙니까, 먼지 터는 게 뭐 그리 대수라고 후딱 해치웠습니다."

"허……."

당연히 감탄이 나올 수밖에.

그도 그럴 게 책이 썩어 넘치는 도서관에서, 특히 이용자도 적은 이런 곳에선 오히려 책을 가져가 주는 게 땡큐였다.

겸사로 먼지털이 작업도 같이 시킬 수 있었으니까.

그래서 기쁜 마음으로 창고까지 개방했는데 체감상 1시간도 안 되서 먼지 작업을 다 끝내 놓으니 좀 민망했다.

이윽고 창고 내부를 쓱 둘러보던 대한이 말했다.

"태현아, 태준아. 이거랑 저거랑 또 저거, 그리고 저거랑 저거는 따로 차에 챙겨라."

"저건 애들 보는 책 아닙니까? 저것들은 왜 챙기십니까? 조카 주시려고 그러십니까?"

"내가 조카가 어딨냐, 그냥 고생하시는 학부모님들 갖다 드리려고 그러는 거지."

"……?"

박태현은 그 말을 이해하지 못 했으나 어쨌든 까라고 했으니 움직이기 시작했다.

기태준도 마찬가지였다.

두 사람이 책을 옮기는 사이, 대한이 창고를 마저 둘러본 후 말했다.

"창고 말고 도서관 안에 있는 책도 좀 가져가도 되겠습니까?"

"예? 도서관 내부에 있는 건 좀……."

"사람 여럿이 붙어서 해야 될 일을 혼자 다 했는데 쓰시는 김에 좀만 더 써 주십쇼. 혹시 권한이 부족해서 그러신 거면 제가 직접 시장님께 여쭙겠습니다."

"아, 아닙니다! 책쯤이야 얼마든지 드릴 수 있습니다. 제가 안내해 드리겠습니다. 바로 오시죠."

시장 이야기에 바로 꼬리를 내리는 실무자.

그래.

누가 봐도 기증을 가장한 청소 짬 던지기로 보인 일을 해 줬는데 이 정도 서비스는 해 줘야지.

대한이 싱글싱글 웃으며 실무자를 따라간다.

※

도서관은 읍에 위치한 것치고는 생각했던 것보다 시설이 더 좋았다.

대한이 도서관을 구경하며 물었다.

"방문자가 그렇게 적나요?"

"하루에 열 명 오면 많이 오는 겁니다."

"다 어른들이시죠?"

"예, 그렇죠. 어른들 아니면 아주 어린 친구들이 와서 동화책을 빌려 가는 게 답니다."

그 말에 대한이 웃었다.

이 정도 방문객이면 좋은 책을 가져가도 미안함 감정을 가지지 않아도 될 것 같아서였다.

실무자가 물었다.

"그나저나 어떤 책을 원하시는지요?"

"컴퓨터, 기사, 산업기사, 기능사 등 자격증과 관련된 책들은 전부 다 가지고 갈 생각입니다."

"······예?"

실무자는 대한의 말에 당황할 수밖에 없었다.

자격증 책들의 특성상 최신화가 중요했기에 도서관이 가지고 있는 것들은 그야말로 올해 나온 새 책들이었다.

다시 말해 도서관에서도 무척이나 아끼는 책들이란 말.

실무자가 당황한 표정을 숨기지 못한 채 대한에게 말했다.

"그······것들은 좀 곤란합니다."

"너무 새 책이라서요?"

"솔직히 말씀드리자면······ 예, 그렇습니다. 연말이면 몰라도 지금은 드리기가 좀 그렇습니다."

이 양반이 연말까지 얼마나 남았다고······.

하지만 이런 실무자의 반응을 예상하긴 했다.

이건 책 욕심은 둘째 치더라도 예산으로 사들인 책이니 만큼 갑자기 책이 비게 되면 그만큼 처리해야 될 서류가 왕창 늘어나기 때문이다.

그래서 이에 따른 다른 묘책을 준비해 왔다.

아무리 시장을 등에 업었어도 사이를 헤치면서까지 책을 가져가고 싶진 않았으니까.

"그럼 제가 빌려 가는 것으로 하겠습니다. 대신 권수랑 기간 제한 없이. 아, 물론 분실의 책임도 제가 다 지겠습니다."

그 말에 실무자는 잠시 미간을 좁히더니 천천히 미소를 그렸다.

이 정도 제안이면 새 책을 그냥 주는 것보다 훨씬 나은 조건이었으니까.

"알겠습니다. 대신 다른 읍내 시민이 보기를 원하면 그땐 반환을 좀 부탁드리겠습니다."

"아유, 그럼요. 당연히 가져다드려야죠."

혹시나 해서 하는 말이지만 그쪽으론 걱정도 안 한다.

자격증 관련 책들은 1년에 한번 빌려갈까 말까였으니까. 특히 이런 읍에선 더더욱이.

덕분에 대한의 부대에 세워질 도서관에는 매년마다 최신화된 자격증 관련 서적들이 채워질 것이다.

물론 완전히 공짜는 아니었다.

아까 말한 대로 손상된 도서는 대한이 책임지겠다고 말했으니까.

'그건 부대 비용으로 돌리면 되고, 이 정도면 훨씬 남는 장사지.'

책 몇 권 배상해 주는 걸로 엄청난 양의 새 책들을 매년 확보한다.

이런 거래가 또 어딨을까?

특히나 박희재가 매우 좋아할 것이다.

대한은 이외에도 최신 소설이나 교양 서적 등을 지정해 차에 채웠고 떠나기 전 마지막으로 실무자와 악수를 나눴다.

"그럼 시장님한테는 말씀 좀 잘 부탁드리겠습니다."

"걱정 마십쇼. 이렇게 잘 챙겨 주셨는데 어떻게 안 좋은 말을 할 수가 있겠습니까. 그럼 매년 잘 부탁드리겠습니다."

매년?

그 말에 실무자가 흠칫했다.

왜냐면 실무자는 이번 한 번만 빌려가고 그칠 줄 알았으니까.

그가 어색하게 웃으며 답했다.

"하하, 매년이라…… 일단 알겠습니다."

떠나는 마당에 거절해서 무엇하랴.

대충 말로 때우고 말지.

그러나 대한은 그를 절대로 놓아줄 생각이 없었다.

'한번 도망가 봐라, 마음처럼 어디 쉽게 도망가나.'

대한은 마지막으로 미소를 지어 준 뒤 그대로 복귀했다.

부대로 복귀한 후엔 보급관을 돕는 애들을 불러다 책들을 옮겼다.

그때, 슬쩍 눈치 보고 빠지려는 박태현을 대한이 콕 집어 불렀다.

"태현이는 이것들 좀 주차장에 옮겨 놔라."

"……예, 알겠습니다."

"입 집어넣어 자식아, 아니면 싣고 온 책 옮길래?"

"아닙니다! 열심히 옮길 수 있습니다!"

"그래, 이것들만 옮기고 이건 내 차 뒤에 옮겨 놔."

지시를 마친 대한은 바로 정작과로 향했다.

"충성!"

"어, 벌써 갔다 왔어?"

"예, 갔다 왔습니다. 그보다 과장님, 주차장에 과장님 차 범퍼가 좀 긁힌 것 같던데 한번 확인해 보시겠습니까?"

"뭐라고?!"

범퍼 긁혔다는 말에 여진수가 스프링처럼 일어나 대한과 함께 주차장으로 향했다.

그런데 주차장에는 긁힌 범퍼 대신 아동문학 전집이 가득 쌓여 있었다.

그걸 본 여진수가 물었다.

"이게 다 뭐냐?"

"책 기증받으러 간 김에 새 책들로만 좀 추려서 따로 챙겼습니다."

"너 설마 이것 때문에 아까 애들 나이 물어본 거야?"

그 말에 대한은 잔잔히 미소 지어 보였고 여진수는 미간을 좁히며 깊이 감탄했다.

"너 이 자식…… 누가 상관한테 뇌물 먹이래? 군인한테 이래도 되는 거야?"

"아, 죄송합니다. 그럼 불쏘시개로 쓰겠습니다."

"아니, 난 군인이 아니라 한 가정의 아버지이기 때문에 괜찮다. 고맙다, 대한아. 덕분에 애들이 진짜 좋아하겠다."

여진수는 진심으로 감동했다.

그도 그럴 게 아동 전집이라는 게 비싸기는 더럽게 비싼데 사다 놓고 싶은 욕구는 항상 드는 그런 물품이었기 때문이다.

내 자식이 책과 가까이 해서 나쁠 건 없었으니까.

여진수가 기쁜 마음으로 차 트렁크에 책을 싣기 시작하자 대한도 같이 책을 옮기며 말했다.

"과장님, 이거 다 도서관 실무자한테서 뺏어 온 건데 혹시 시간 괜찮으시면 시장님한테 실무자 칭찬 좀 부탁드려도 되겠습니까? 너무 많이 털어 와서 마음이 조금 쓰입니다."

"그거 뭐 어렵다고. 안 그래도 감사인사 해야 되서 전화 한 번 하려고 했는데 그때 하면 되겠다. 또 필요한 거 없냐?"

"아직은 없습니다. 괜찮습니다."

"그래, 나중에라도 꼭 말해라. 너한테 빚진 게 내가 어디 한두 개냐."

"하하, 아닙니다."

차에 책을 모두 실은 대한은 여진수와 헤어진 뒤 다시 박태록에게로 향했다.

과연 박태록이었다.

현장에는 도서관에서 출발할 때까지만 해도 못 봤던 책장들이 가득 세워져 있었다.

'목작업이 가장 어려운 작업이라고 들었는데…… 진짜 실력 좋은 양반이었나 보네.'

대한이 땀과 톱밥, 그리고 먼지로 꼬질해진 박태록에게 간부 연구실에서 챙겨온 콜라를 건네며 말했다.

"정말 대단하십니다. 아깐 바빠서 미처 못 봤는데 다시 보니 작업 속도가 엄청 나십니다."

"하하, 뭐 별거 아닙니다. 그나저나 도서관엔 벌써 갔다 오셨습니까?"

"벌써라기엔 시간이 좀 지나긴 했습니다만…… 보급관님, 잠시 흡연하시겠습니까?"

"담배 좋지요."

대한은 보급관을 데리고 흡연장을 거쳐 주차장으로 향했다.

그런 다음 자기 차 뒤에 미리 옮겨 놓은 다른 전집을 건네며 말했다.

"보급관님, 이거 선물입니다."

"소대장님, 이건…… 애들 책 아닙니까?"

"도서관 갔다가 좀 챙겼습니다. 얼핏 듣기로 보급관님도 늦둥이가 있으시다고……."

이쯤이면 아직 초등학교도 안 들어갔을 테니 나이는 얼추 맞을 것이다.

대한의 선물에 박태록의 미간이 한없이 깊어진다.

"아이고 그런 건 또 어떻게 아시고…… 감사합니다, 소대장님. 안 그래도 애들 엄마가 전집 이야기 하던데 마침 타이밍 좋게 이런 걸 주셨습니다."

"아닙니다. 저 때문에 이렇게 고생하고 계시는데 자그마한 성의 표시로 생각해 주십쇼."

"소대장님은 참 여러 의미로 사람 감동하게 하십니다. 그런 의미에서 제가 책장 하나만큼은 기가 막히게 만들어 놓겠습니다. 저만 믿으십쇼. 혹시 책장 말고 또 뭐 필요한 건 없습니까?"

"하하, 감사합니다. 저 그럼 부탁 하나만 더 드려도 되겠습니까?"

"말씀만 하십쇼. 뭡니까?"

"그게……."

대한은 여진수의 집에 놓을 책장 하나만 더 만들어 달라고 부탁했다.

그도 그럴 게 여진수가 지금 가져간 책의 양을 생각하면 분명히 집에 남는 책장이 없을 것이기 때문.

'십수 권도 아니고 수십 권인데 최소 4단에서 5단짜리는 하나 필요할 거다.'

그 말에 박태록이 흔쾌히 오케이를 외쳤고 오케이 사인을 받아 낸 대한은 그 소식 그대로 물고 다시 여진수를 찾았다.

그러자 여진수가 박태록을 찾아왔고 두 아버지들은 아이들이라는 교차점 하나로 끈끈한 유대를 나눌 수 있게 되었다.

　　환한 미소로 함께 맞담배를 피는 두 사람을 보며 대한은 속으로 씩 웃었다.

　　여진수 입장에서 장교의 도움은 몰라도 부사관의 도움은 그냥 넘어갈 수가 없는 것이었으니까.

　　특히 다른 사람도 아니고 박태록 정도 되는 부사관이라면 더더욱이.

　　그래서 내친 김에 대한이까지 해서 셋이 밥이라도 먹자고 했고 박태록은 그것을 거절하지 않았다.

　　뿌듯한 결과물이었다.

　　'이 정도면 전집 몇 개 가지고 호감도 작업 잘 먹혔다.'

　　사실 계급이 높아질수록 이런 식으로 베풀기가 참 힘들었다.

　　그도 그럴 게 저렴한 고깃집을 가자니 체면이 안 살았고 비싼 곳을 가자니 월급이 부담됐으니까.

　　그러니 전집으로 이 정도 주고받기면 참 싸게 먹힌 것.

　　두 사람의 대화에서 슬쩍 나온 대한이 도서관 작업 현황을 체크하기 위해 홀로 도서관으로 향했다.

　　그때, 단 정훈공보장교인 안유빈과 마주쳤다.

　　"충성."

　　"어, 충성. 마침 너 보러 가는 길이었는데 잘됐다. 대한아 너 도서관 만든다며?"

아.

벌써 안유빈 귀에 들어갔나.

대한은 잠시 눈을 감았다.

안유빈은 확성기와 같아서 쌓을 공적 소문내기엔 더할 나위 없이 좋았지만 아직은 때가 아니었다.

특히 지금 짓는 도서관은 나중을 위해서 대충 지을 참이었으니까.

게다가 자신은 지금 소위.

아직은 도서관 건으로 모두의 주목을 받아선 안 됐다.

하지만 안유빈은 맑은 눈으로 대한의 도서관에 극진한 관심을 보였다.

이미 대한의 활약으로 노동의 참맛을 깨달아 버렸으니까.

결국 수 계산을 마친 대한이 안유빈에게 다가가 조용히 말했다.

"그렇긴 한데…… 저, 선배님 드릴 말씀이 있습니다."

"뭔데?"

드릴 말씀이란 말에 눈을 반짝이는 안유빈.

그러나 이내 대한의 솔직한 심경을 듣더니 표정이 시무룩해졌다.

"그러니까 알리더라도 나중에 알리고 싶다는 거지?"

"예, 그렇습니다."

"쩝. 네 뜻이 정 그렇다면 그래야지. 그나저나 참 아쉽네. 아까 얼핏 보니까 도서관 퀄리티도 그렇고 책도 야무지게 잘 받아 왔던데."

그새 그걸 다 체크해 놨냐.

무섭다 무서워.

허나 안유빈은 못내 아쉬운지 잠시 생각에 빠지더니 이내 생각지도 못 한 아이디어를 내놓았다.

"아, 괜히 자극받네. 나도 이참에 단에 도서관 만들자고 건의해야겠다."

"어…… 괜찮으시겠습니까? 보통 이런 건 건의한 사람이 다 해야 될 텐데 말입니다."

"다른 간부들이 도와주겠지. 그리고 이 정도는 나도 할 수 있을 것 같아."

아, 그러셔요?

이번에 도서관 짓는다고 전문 목수 박태록에 영천시장까지 동원했는데?

그러나 대한은 그런 것에 대해선 입도 뻥긋 하지 않고 그저 응원만 했다.

"선배님은 잘하실 수 있으실 겁니다. 응원하겠습니다."

"그래, 고맙다."

덕분에 한동안 부대가 좀 조용하겠네.

전부 도서관 작업에 투입될 테니까.

대한은 의욕이 충전된 안유빈을 보내며 안도의 한숨을 내쉬었다.

✳

그로부터 며칠 뒤.

드디어 도서관이 완공되었다.

도서관 완공 소식을 들은 박희재는 기쁜 마음으로 일과 시작 전에 사열대 앞으로 전 병력들을 불러 모았다.

도서관 완공 소식을 전하기 위함과 동시에 공치사를 하기 위함이었다.

박희재가 뿌듯한 표정으로 말했다.

"부대 간부들이 여러분들을 위해 노력해서 도서관을 만들어 주었다. 내가 가서 살펴보니까 사회에 있는 도서관과 비교해도 손색이 없더라. 책들도 많이 가져다 놨으니까. 독서를 해도 좋고 자격증을 취득해도 좋다. 특히 자격증을 취득한다면 대대장이 포상휴가를 사사할 테니 다들 최선을 다하도록."

"예! 알겠습니다!"

"중대장들은 병력들이 자격증을 취득할 수 있도록 최대한 여건을 보장해 주기 바란다. 그리고 되도록 전역하기 전까지 하나 이상의 자격증을 취득했으면 한다. 이외에도 군 생활 중에 자격증을 취득했다면 그것도 소급해서 휴가를 부여하겠다. 중대장들은 오전까지 병력들의 자격증을 종합해서 보고하도록,

이상."

칭찬까지는 좋았다.

근데 갑자기 전역 전까지 자격증을 하나 땄으면 좋겠다니?

그 말이 끝남과 동시에 모든 중대장들의 동공이 지진이라도 일어난 것처럼 떨리기 시작했다.

대한이 쏘아 올린 작은 공이 시지프스의 바위가 되어 굴러온 것이다.

특히 이영훈이 눈을 까뒤집으며 대한을 보았다.

"……하하, 제가 따로 종합해서 보고드리겠습니다."

"하…… 보고는 보고고 이제 어떻게 하나? 대대장님이 분명 취득 못한 인원들 전부 다 자격증 취득시키라고 할 텐데."

그건 그렇지.

대한은 잠시 고민하더니 아이디어 하나를 내놓았다.

"다음 달에 저희 굴착기 운전기능사 자격증 딸 수 있게 하지 않습니까?"

"……아, 그게 있었지?"

눈치 빠른 이영훈이 바로 미소를 짓는다.

이럴 땐 참 쿵짝이 잘 맞네.

그러나 중대장의 고충이 곧 소대장의 고충이기도 했기에 대한도 웃으며 말했다.

"잘 활용해 보면 좋을 것 같습니다."

"표정을 보니 좋은 아이디어라도 있나 보다?"

"담배 한 대 하십니까?"

"아, 좋지 좋지. 바로 가자."

계획이야 있었다.

이영훈이 허락을 해 줘야 문제지.

이윽고 대한의 이야기를 들은 이영훈이 고개를 끄덕이며 오케이를 외쳤다.

"그 정도면 다들 수긍하겠네. 오케이, 그럼 진행시켜."

"발표는 중대장님이 하셔야 합니다."

"나 자신한테 한 말이야."

잠시 후, 이영훈이 병력들을 중대 행정반 앞에 집합시킨 뒤 말했다.

"자, 오늘부터 우리 중대는 연등을 실시할 것이다."

연등이란 말에 병사들의 얼굴이 구겨졌다.

저 연등이 티비 연등은 아닐 테니까.

게다가 아무리 포상휴가를 걸어도 고작 2박 3일 받겠다고 누가 한 달 이상을 공부하겠는가?

차라리 안 받고 말지.

이영훈이 병력들의 표정을 보고 한쪽 입꼬리를 올리며 말했다.

"어쭈, 중대장 말을 끝까지 들어 보지도 않고 그런 표정을 짓는다 이거지? 이거 중대장이 실망할 거 같은데?"

강압에 이은 협박.

그러나 딱 한 사람.

병사들 중 얼굴이 밝은 사람이 있었다.

박태현이었다.

박태현의 밝은 표정을 본 대한은 자기도 모르게 피식 웃음을 터뜨렸다.

그리곤 박태현에게 다가가 조용히 물었다.

"얼굴 좋다? 대대장님이 아까 병력들 자격증 취득하라고 한 거 못 들었나 봐?"

"들었습니다. 근데 전 이제 간부가 될 건데 상관없는 거 아닙니까?"

"왜 상관이 없어. 대대장님이 병력이랬지 병사라고 하셨냐?"

"……예?"

분명 박희재는 병사들로 제한한 적이 없었다.

그 말인즉, 간부들도 자격증을 하나씩 취득해야 한다는 것.

물론 대한도 이번 기회에 굴착기 운전기능사를 신청할 생각이었다.

'전생에 이미 한번 땄는데 두 번이 어려울까.'

뜻밖의 악재에 박태현의 표정이 무너지기 시작하자 대한은 한껏 미소를 지어 주었고, 이영훈의 말은 계속되었다.

"다들 너무 풀죽지 말고 잘 들어 봐. 우리 중대는 강제로 연등하는 대신에 연등한 만큼 전투휴무를 부여하겠다."

중대장의 허락이 필요했던 이유.

이것 때문이었다.

당연히 아이디어는 대한이 낸 것이었고 이영훈도 고개를 끄덕였다.

2시간 연등하고 일과를 10시에 시작한다고 하면 싫어 할 병사는 없을 테니까.

물론 작업 관련된 문제는 대한이 알아서 감당키로 했다.

원래도 일과 때 일찍 작업 끝내고 농땡이 치는 게 대한인데 작업이 뭐 대수라고.

그렇기에 이영훈도 자신 있게 이야기 할 수 있는 것이다. 대한의 능력을 믿었으니까.

"다음 달에 있을 굴착기 운전기능사를 목표로 딱 한 달만 고생하면 된다. 그러면 휴가도 얻고 자격증도 따고 좋겠지?"

"예! 그렇습니다!"

"일단 훈련이 있는 날이 아니고는 모두 연등을 실시한다고 생각하면 되고 오늘 중에 1소대장이 밖에 나가서 기능사 필기 준비 자료를 프린트해 올 거니 다들 그거 받아서 오늘부터 연등 실시해라. 질문 있는 사람?"

"없습니다!"

"좋아, 이상."

이영훈이 병력들을 생활관으로 복귀시킨 뒤 대한을 불렀다.

"넌 언제 나갈 거냐?"

"슬슬 나갔다 오겠습니다. 아, 오는 길에 책이라도 사다 드립니까?"

"뭔 책?"

"중대장님은 시험 안 치십니까?"

"난 이미 굴착기 운전기능사 있는데?"

대한의 질문에 여유롭게 웃어 보이는 이영훈.

이 양반도 뭘 착각하고 있네.

대한이 대답 대신 그저 웃어 보이자 순간 불안해진 이영훈이 애써 부정하는 목소리로 말했다.

"야, 간부들은 아냐. 왜 그래?"

"자신 있으십니까?"

"왜, 왜 그러는데. 너 설마……."

설마라니 이 양반아.

군 생활 하루 이틀 하는 것도 아니고 뭘.

대한은 목을 가다듬은 뒤 박희재의 말투를 흉내 내며 이영훈에게 말했다.

"병사들도 연등 해 가며 공부하는데 중대장이 안 해?"

"아, 아니 대대장님 그게……."

"간부들도 따냐고? 당연히 따면 좋지. 진급에도 영향을 줄 텐데 다들 이번 기회에 취득하도록. 지휘추천에 반영하겠다."

대한이 박희재 성대모사로 예상 답변을 대신해 주자 이영훈은 조용히 눈을 감았다가 천천히 떴다.

"그…… 토목기사 필기 문제집으로 부탁할게."

"예, 그럼 다녀오겠습니다."

영훈아 진급해야지?

대한이 웃으며 부대를 빠져나간다.

✳

그날 밤, 강제 연등 시간.

대한은 중대장실에서 이영훈과 함께 책을 펴고 공부했다.

이영훈이 또 한 번 한숨을 내쉬자 대한이 말했다.

"중대장님, 한숨은 몰아서 쉬어 주시는 게 어떻겠습니까?"

"흑흑, 내가 이 나이 먹고 펜 잡고 공부할 줄이야…… 흑흑."

"어차피 소령 진급하면 교육과정 또 들어갈 텐데 예습한다고 생각하십쇼."

"그때도 공부할 생각은 없었단 말이야. 난 소령 달고 연금만 받으면 충분하다고."

괜찮은 목표였다.

군인 연금을 수령할 수 있는 최소 계급이 소령이었으니까.

하지만 그건 그거고 이건 이거다.

대한이 말했다.

"그러게 미리미리 좀 따 놓지 그러셨습니까. 전 그렇다 쳐도 중대 간부들 다 자격증 따는 동안 중대장님은 뭐 하고 계셨습니까?"

중대 간부들 중 올해 자격증을 취득 안 한 간부는 대한과 이영훈 둘뿐이었다.

백종우는 전역 준비에 최선을 다하고 있었기에 올해 취득한 자격증이 2개나 되었고 박태록도 목수들의 자격증인 건축목공 기능사를 올해 취득해 놓았다.

부사관인 3소대장도 장기 선발을 목표로 다른 기능사 자격증을 취득했다.

대한의 핀잔에 이영훈이 억울하다는 듯 대답했다.

"나도 몰랐다니까. 그러는 너는? 너도 없잖아."

"지금 저랑 비교하시는 겁니까? 전 이 부대 온 지 이제 몇 개월입니다."

"아, 몰라. 너랑 나랑 똑같은 거야."

"좋습니다. 똑같으니까 그냥 조용히 집중하시는 게 어떻습니까?"

"너 같으면 집중이 되겠냐? 하…….''

"그래도 이것만 잘 따 놓으시면 진급 못 해도 먹고 살 만하진 않겠습니까."

이영훈도 건축학과 출신이었다.

심지어 학교 다닐 때 건축기사 자격증을 취득했고 공병 장교로서 부대를 돌아다니며 굴착기와 지게차 자격증까지 취득한 상태였다.

컴퓨터 자격증은 어릴 때 다 따 놔서 더 딸 수도 없는 상황이었고.

그러니 이번에도 기사를 따면 흔히 말하는 쌍기사가 되었다.

쌍기사 정도면 군에서도 반길 스펙이었고 진급에도 분명 도움이 될 터.

물론 밖에서도 마찬가지였다.

쌍기사를 인정 안 해 주는 회사는 드물었으니까.

대한이 이영훈을 살살 달래었다.

"일단 문제부터 푸십쇼. 틀린 것들만 오답노트 하시면 되지 않습니까. 필기 60점만 넘긴다는 마인드로 가십쇼."

"그래, 이왕 책 산 거 해 봐야지. 그나저나 넌 기사 있어?"

"없습니다."

"너도 군 생활 계속한다며."

"예, 그렇습니다."

"그럼 굴착기를 할 게 아니라 기사를 따야 하는 거 아니냐? 같이 할까?"

혼자 기사 자격증 공부하는 게 참 억울했나 보다.

대한은 이영훈의 물귀신 작전을 슬쩍 피했다.

"전 인사 쪽으로 갈 거라 상관없습니다."

연필 잡기 싫은 마음은 대한도 마찬가지였다.

게다가 이젠 전공과목 공부는 죽어도 하기 싫었고. 물론 필요하다면 토목 기사 정도 취득할 의향이 있었지만 지금은 아니었다.

'내 전공인데 그 정도는 쉽지. 근데 지금은 아냐.'

어깨에 녹색 견장이 있을 때는 병사들에게 집중하고 참모부에 가게 되었을 때 천천히 짬을 내서 공부할 생각이었다.

이영훈이 눈을 까뒤집으며 말했다.

"인사 쪽이면 필요 없는 거 맞냐? 그래도 공병 필수 보직은 다 해야 하잖아."

"그렇긴 한데 필수 보직 뭐 힘든 게 있겠습니까. 중대장만 2번 하면 끝인데."

이미 중대장 대리처럼 살고 있었기에 마냥 반박할 수도 없다. 그러나 이영훈은 구질구질했다.

"그럼 소령 진급해서는? 정작과장 할 때는 필요할 걸?"

"저도 중대장님처럼 소령 이후 계급에는 크게 욕심이 없습니다."

"아우 이 치사한 새끼."

"후후, 잘못 들었습니다?"

대한에게 항복한 이영훈은 그제서야 문제집을 쳐다보기 시작했다.

✳

다음 날 아침.

이영훈은 미리 약속한 대로 중대원들에게 전투휴무를 부여했다. 물론 이것은 병사들에게만 해당되는 것이었고 대한은 아침부터 여진수의 전화를 받고 정작과로 향했다.

"충성. 부르셨습니까, 과장님."

"어, 이리 와서 앉아라."

대한이 여진수 옆에 앉자 그가 달력을 가리키며 말했다.

"부대 일정 전체적으로 다 바뀐 건 알고 있지?"

"예, 제가 낙동강 갔을 때 바뀐 것 아닙니까."

"……그래, 흠흠. 무튼 2주 뒤에 집중 정신 교육을 해야 하는데 저번에 말했던 관과 협조를 한번 해 볼까 한다."

관과의 협조.

대한이 군대 발전을 위해 제안을 한 것으로 관에서 전문가들을 불러 병력들을 교육하는 걸 말했다.

대한이 고개를 끄덕이며 대답했다.

"좋은 것 같습니다."

"그래. 그런 의미에서 내가 널 부른 건 다름이 아니라 경찰이랑 협조 좀 하고 오라고 불렀다."

이건 또 뭔 소리야?

내가 왜?

대한이 물었다.

"제가 말입니까? 과장님이 공문 보내 주시기로 하신 거 아니었습니까?"

"나도 보냈지. 소방은 협조해 놨다. 근데 경찰 쪽에서 교육 장비가 호환되는지 확인 좀 해 달라지 뭐냐. 겸사겸사 교육 내용도 확인해 달라고 그러더라."

아.

난 또 뭐라고.

다행이었다.

비협조적인 게 아니어서.

'하긴 경찰도 이런 교육은 처음일 테니까.'

소방이야 학교들을 돌아다니며 화재 예방교육 및 재난상황 대처교육을 수시로 실시하곤 했다.

그래서 따로 확인 절차가 필요 없었다.

하지만 경찰은 그러지 못했다.

여진수가 말했다.

"네가 생각하는 교육이 있을 거 아냐. 내가 가는 것보단 네가 가는 게 맞다고 생각한다."

얼핏 보면 짬 처리처럼 보이지만 자세히 보면 이건 밀어주기였다.

그렇기에 대한이 고개를 끄덕이며 대답했다.

"감사합니다. 언제 가면 되겠습니까?"

"빨리 가 주면 좋지?"

"지금 준비해서 다녀오겠습니다."

"그래. 배차는?"

"자차로 다녀오겠습니다."

"오냐, 운전 조심해라."

대한은 여진수에게 경찰 쪽 연락처를 받고는 그대로 간부 연구실에 올라가서 수첩을 챙겼다.

잠시 후.

부대에서 나온 대한은 10분 정도 떨어진 경찰서에 도착했다.

주차장에 주차한 뒤 여진수에게 받은 연락처로 전화를 걸었다.

"안녕하십니까. 공병대대 김대한 소위입니다."

ㅡ아, 연락받았습니다. 도착하셨습니까?

"예, 주차장입니다."

ㅡ잠시만 기다려 주세요. 바로 내려가겠습니다.

목소리에 귀찮은 기색이 없다.

다행이라고 생각했다.

'새로운 일이고 준비해야 하는 것들도 많아 여간 귀찮은 게 아닐 텐데…… 열정 넘치는 사람이면 좋겠다.'

대한은 차에서 나와 경찰을 기다렸고 한 경찰이 뛰어나오며 대한에게 인사했다.

"안녕하세요. 처음 뵙겠습니다. 박창섭 경장입니다."

박창섭 경장.

또래로 보이는데 경장이라니 참 열심히 살았나 보다. 아니면 동안이던가.

근데 박창섭?

익숙한 이름에 얼굴도 왠지 낯이 익은데?

대한은 잠시 골몰한 표정으로 박창섭을 응시했으나 이내 그냥 넘겼다.

그런데 박창섭은 아닌 모양이다.

박창섭도 대한을 한동안 쳐다보더니 조심스레 물었다.

"혹시 저 모르십니까?"

"어……?"

잠깐의 침묵.

그리고 대한의 머릿속에 얼굴 하나가 번개같이 떠올랐다.

"어, 설마 중학교 때 전학 간 박창섭?"

"맞네. 기억하는구나?"

아.

어찌 잊을 수 있을까.

회귀 후 오정식을 만나러 갔을 때도 이야기했던 친구였다.

중학교 시절 일진들한테 지독하게 괴롭힘당했던 친구로 대한이 소대원들을 돕는 계기가 된 친구이기도 했다.

"그럼 기억하지! 우리 반에 있었던 애들이면……."

아차.

대한은 이내 자신이 말실수를 했음을 깨달았다.

그러나 박창섭이 괜찮다는 듯 웃으며 말했다.

"아냐, 이제 괜찮아. 네 말처럼 우리 반에 있던 애들이면 얼굴은 몰라도 이름은 다 기억하겠지."

아침에 일진들이 등교하기 무섭게 박창섭을 부르며 반으로 들어왔으니까.

다시 생각해도 참 나쁜 놈들이었다.

그놈들이 박창섭을 괴롭힌 이유는 그저 어느 일진의 앞자리에 앉았다는 게 전부였으니까.

대한은 박창섭의 잘된 모습을 보니 괜히 미안해졌다.

"미안하다. 그때 어떻게든 도와줬어야 했는데."

"에이, 너 싸움 못 했잖아?"

"그, 그렇긴 한데……."

"대한아 나 진짜 괜찮으니까 신경 안 써도 돼. 그때 전학 간 이후론 적응 잘해서 경찰까지 됐잖아. 봐."

자랑스럽게 배지를 보이는 박창섭 덕분에 마음의 짐이 조금 덜어졌다.

대한이 옅게 미소 지으며 말했다.

"그래, 잘 사는 것 같아서 보기 좋다 야. 경찰은 언제부터 된 거야? 경장이면 순경 다음 아냐?"

"경찰은 스무 살 때 붙었지."

"음? 그럼 군대는?"

"아, 나 면제야."

"이야, 신의 아들이었네."

그 말에 박창섭이 또 한 번 웃으며 말했다.

"뭐, 신이 만들어 준 건 아니고…… 혹시 그때 나 전학 간 이유 들었어?"

"일진들 때문에 간 거 아냐?"

"크게 보면 그렇긴 한데 자세하게 보면 좀 달라. 걔들이 내 십자인대를 박살 내서 병원에 입원을 했거든. 파수꾼 보고 감명 깊었다나 뭐라나…… 덕분에 부모님도 그제서야 내가 괴롭힘 받고 있다는 걸 알고 바로 전학 보내 주신 거야."

"아."

그 말에 대한은 식은땀이 나기 시작했다.

표정관리에도 최선을 다했다.

이건 전혀 몰랐던 사실이었기 때문이다.

그 모습에 박창섭이 대한의 어깨를 툭 치며 말했다.

"아, 괜찮다니까 그러네. 그렇게 반응하니까 내가 더 미안해지잖아. 뭐, 그래도 결과적으로 봤을 땐 군 면제 당해서 일찍 경찰 됐으니 더 좋지 뭐."

저건 농담일까 진담일까?

대한이 헛기침을 삼키며 물었다.

"뭐, 네가 그렇다면 그런 거지만…… 혹시 그때 일 때문에 경찰이 되려고 한 거냐?"

"응. 맞아."

"뭐, 복수 그런 거야?"

"복수? 흠, 복수라고 할 건 이미 다 끝났어."

"그게 무슨 말이야?"

"야야, 이 이야긴 나중에 하고 일단 들어가자. 언제까지 밖에 있을 거냐."

뭔가 무서운 이야기가 지나간 듯했지만 대한은 애써 무시하기로 했다.

박창섭의 과거에 대해 계속 떠올려 봤자 서로 불편하기만 했으니까.

대한은 박창섭의 뒤를 따라 경찰서 안에 회의실로 들어갔다.

회의실에는 노트북과 빔프로젝터, 그리고 관련 유인물들이 쌓여 있었다.

박창섭이 대한에게 그것들을 가리키며 말했다.

"군부대 컴퓨터는 USB도 꽂으면 안 된다며?"

"그거 꽂는 날이 내 전역날일 걸?"

"큭큭, 그래서 연결 안 해도 교육할 수 있게끔 준비했어. 한 번 확인해 줘."

박창섭의 말에 대한은 그제서야 유인물을 살피기 시작했다.

범죄예방교육을 시작으로 군대에서 일어나는 부조리들이 사회에서 어떤 처벌을 받는지도 적혀 있었다.

어디서 주워 온 자료가 아니라 직접 만든 것인 듯했다.

그도 그럴 게 폭력에 대해 굉장한 적대심이 느껴지는 유인물이었으니까.

유인물을 본 대한이 조용히 고개를 끄덕이며 말했다.

"이런 교육에는 네가 딱 적임자인 것 같네, 자료 깔끔하다. 고생 많았겠다."

"유인물에서 면제 티는 안 나지?"

"어, 전혀."

"그럼 다행이고."

이어서 확인한 대본도 마찬가지였다.

대본은 박창섭의 이야기가 녹아 있어서 그런지 경각심 심어 주기에 아주 좋았다.

덕분에 좋은 교육이 될 것 같았다.

"단상이랑 마이크만 준비해 주면 되지?"

"응, 부탁할게."

"그나저나 뭘 확인해 달라고 부른 거냐? 이렇게 잘 준비해 놨으면서."

대한은 박창섭이 이해가 되지 않았다.

이 정도 준비면 당장 장성들 앞에서 해도 부족하지 않을 것 같았으니까.

대한의 질문에 박창섭이 웃으며 대답했다.

"아니, 교육 자료 괜찮은지 확인해 달라고 하니까 메일을 못 받는다고 하시더라고, 그래서 혹시 몰라 확인 차 요청드렸지."

"아, 그건 보안 때문에 내부망만 쓰고 있어서 그래."

"그렇다고 하더라. 무튼 내가 좀 완벽주의자라서 확인 요청을 좀 드렸는데 대한이 네가 있는 부대인 줄 알았으면 그냥 안 드릴 걸 그랬다."

"에이, 완벽주의자한테 그런 게 어딨냐. 이렇게라도 만날 수 있어서 다행이지. 그나저나 너 원래 영천 쪽에 사냐? 아님 발령을 이쪽으로 받은 건가?"

"아, 내가 어디로 이사 갔는지도 몰랐구나. 나 원래 집이 영천이야."

"그래? 대구로 이사 왔다가 다시 간 거냐?"

"부모님은 안 오셨었고 그때 나 좋은 학교 보낸다고 아파트 하나 사서 거기서 살게 하셨어."

"……중학생 때 말하는 거 맞지?"

"맞아. 우리 집이 좀 특이해. 부모님 두 분 다 방목이 제일 좋은 성장 환경인 줄 아시거든."

"아, 방목……."

엄청 프리하신 분들인가 보네.

그래도 대학생이면 이해를 하겠다만 중학생부터 방목이라니 특이한 가풍이네.

그나저나 중학생 때부터 아파트 하나 사서 독립이면 박창섭네 집도 꽤 사는 모양.

대한이 물었다.

"그나저나 아파트 사서 자취면 너네 집 좀 사나 보다? 영천이 집이면 뭐 소라도 키우냐?"

"어떻게 알았냐? 우리 집 한우 농가로 유명해. 한 이천 마리

키워."

"이천…… 경기도 이천 말고 한우 이천 마리……."

그때 문득 대한은 그런 생각이 들었다.

어쩌면 그때의 일진 놈들은 박창섭의 부모님이 변호사에 돈을 범벅을 해서라도 감옥살이를 시켰을 것 같다고.

물론 무서워서 물어보지는 않았다.

대한이 이천을 중얼이고 있자 박창섭이 씩 웃으며 말했다.

"부대에 할 거 없으면 주말에 한 번 놀러 와. 우린 고깃집도 같이 하고 있거든. 한턱 쏠게. 부대원들 데려와도 되고."

오랜만에 본 박창섭은 참 시원시원했다.

그래서일까?

지금이라도 박창섭의 근황을 알게 되어 참 다행이라는 생각이 들었다.

죄책감 하나를 더는 기분이었으니까.

"그럼 진짜 한번 놀러 갈게."

"그래, 조심히 가고."

"어, 연락할게."

대한은 박창섭과 악수를 나눈 뒤 부대로 복귀했다.

그리고 곧장 여진수를 찾아갔다.

"다녀왔습니다. 과장님."

"벌써 갔다 왔어?"

"예. 딱히 볼 게 없었습니다. 준비는 완벽하게 되어 있었고 그쪽 실무자가 제 친구라서 그냥 좀 떠들다가 왔습니다."

"친구라고? 어쩐지 목소리가 젊은 것 같더라. 와, 그런데 그렇게 싸가지가 없었다고?"

"혹시 무슨 일 있었습니까?"

그 말에 여진수가 고개를 저으며 말했다.

"말도 마라, 경찰 쪽에서 도와주는 건데 이래라저래라 시키면 어떻게 하냐고 얼마나 따지던지."

"그건 그냥 시키신 거 아닙니까?"

"아니 들어 봐. 갑자기 그 친구가 USB 챙겨 온다길래 그건 안 된다고 다른 방법으로 오라고 했는데 그게 어떻게 시킨 거냐? 군대 갔다 왔으면 당연히 USB 못 쓰는 거 알 텐데, 안 그래?"

"그 친구 면제랍니다. 저한테도 USB 물어봤었습니다."

"아, 그래? 아무튼 엄청 따지길래 공문 협조받은 경찰 서장한테 가서 따지라 그러니까 교육받고 싶으면 와서 직접 확인하고 가라길래 그냥 널 보냈지."

그렇구나…….

근데 잠깐만.

뭔가 좀 이상한데?

대한이 잠시 생각에 잠기더니 물었다.

"과장님? 그럼 이번에 저 보내신 건 조율하다 틀어져서 보내신 거였습니까? 단순히 확인만 하고 오는 게 아니라?"

"아…… 대한아, 그게 아니라……."

에라이…….

믿는 도끼에 발등 찍힌다고 전집까지 챙겨 줬는데 이런 내막이 있었어?

박창섭이 없었으면 거기 분위기가 어땠을진 안 봐도 뻔했다.

민망해진 여진수가 헛기침을 했다.

"흠흠, 내가 또 괜한 말을 했구만."

"됐습니다. 저 이거 기억할 겁니다. 어떻게 저한테 이러실 수 있습니까. 먼저 올라가 보겠습니다."

"어어, 그래, 그 고생해라!"

허둥대며 대한을 보내는 여진수.

물론 대한은 별로 화나지 않았다.

가끔은 이런 쇼잉을 해 줘야 할 때도 있는 법이니까.

하지만 괘씸한 건 괘씸한 거였다.

'나중에 일거리 만들어서 투척하던가 해야지 뭐.'

그때였다.

마침 대대장실에서 책을 들고 나온 박희재와 딱 마주쳤다.

박희재를 발견한 대한이 얼른 경례를 올렸다.

"충성!"

"어, 뭐 하나?"

"정작과장에게 보고하고 나오는 길입니다. 도서관 가십니까?"

"어, 만난 김에 같이 갈래?"

"가져다 놓으시는 거면 제가 가져다 놓겠습니다."

"그럴래? 그럼 부탁 좀 하마."

"예, 그럼 고생하십쇼. 충성!"

"그래."

대한은 박희재의 책을 들고 도서관으로 향했다.

그리고 도서관에 도착했을 때 대한은 눈앞의 풍경에 안도의 한숨을 내쉬었다.

"와…… 나 혼자 와서 진짜 다행이다."

그도 그럴 게 눈앞의 도서관은 그야말로 개판이었기 때문.

예컨대 책장의 책들은 난잡하게 어질러져 있었고 책상 위에 는 보다 만 책들로 가득히 쌓여 있었으니까.

이 광경을 만약 박희재가 봤다면 굉장히 눈치가 보였을 것.

'도서관 관리병은 어딨는 거야?'

도서관 관리병에 대한 이야기는 이미 박희재에게 해 놓았다.

그래서 허락을 받자마자 이영훈에게 전달해 놓았는데 관리 병은커녕 관리병 그림자도 보이지 않았다.

'설마?'

에이 설마 아니겠지.

하지만 설마가 사람 잡는다고 대한은 얼른 이영훈에게 전화 를 진위 여부를 확인해 보았다.

-어, 왜?

"중대장님, 혹시 뽑으신다는 도서관 관리병이 누구인지 여쭤봐도 되겠습니까?"

　－도서관 관리병?

　처음 듣는다는 목소리.

　그 어투에 대한은 조용히 미간을 짚었다.

Chapter 3

대한은 바로 이영훈을 만났다.

대한은 이영훈에게 좀 전에 있었던 일들을 이야기해 주었고.

그 설명에 이영훈은 순식간에 합죽이가 됐다.

"미안하다……."

"미안한 게 아니라 지금이라도 얼른 뽑으셔야 합니다. 생각해 둔 병사 있으십니까?"

"……방금 알았는데 어떻게 생각해 둔 애가 있겠냐."

참 당당하다.

대한이 눈을 지그시 감은 후 천천히 눈을 뜨며 말했다.

"그럼 혹시 제가 앉혀도 되겠습니까?"

"생각해 둔 사람 있냐?"

"예, 있습니다."

"누군데?"

"종찬이를 추천할까 합니다."

"종찬이를?"

"예."

굳이 이영훈에게 권한을 넘긴 건 그래도 그가 중대장이라서였다.

하지만 일이 이렇게 된 이상 대한이 속으로 내정해 둔 인물을 앉힐 생각이었다.

그게 바로 최종찬이었고.

"사수는 종찬이를 앉히고 부사수는 태준이를 앉힐까 합니다."

"종찬이는 그렇다 쳐도 태준이는 왜?"

"대대장님이 자주 들락거리실 곳입니다. 상병장들 시키면 별로 안 좋아할 것 같습니다. 또 대대장님의 말씀 때문에 대대 전체가 공부하는 분위기라 해야 되는 일도 많습니다."

"흠, 일리가 있다. 좋아, 그렇게 해."

"그럼 전에 대대장님께 보고드렸던대로 사수는 달마다 하루 휴가, 부사수는 두 달마다 하루씩 휴가 부여 하는 걸로 전달하겠습니다. 그럼 이제 관리 간부만 남았는데……."

그 말에 이영훈이 시선을 피했다.

혹여 자신이 될까 봐서.

그 모습에 대한이 나직이 한숨을 내쉬었다.

"관리 간부는 보급관을 추천할 생각입니다. 애초에 책장 만든 것도 보급관이고 이제 막 지었다고는 하나 군데군데 손볼 거 생각하면 보급관이 딱입니다."

"그래! 보급관이 딱이겠다. 보급관만한 인재가 없겠어."

"……그럼 그렇게 알고 일 진행하겠습니다."

에휴.

내가 무슨 말을 할까.

일을 마무리 지은 대한이 중대장실을 나와 행정반으로 향했다.

행정반에 들어가자 박태록이 대한을 따뜻하게 맞아 주었다.

"아이고 소대장님 오셨습니까? 무슨 일이십니까?"

"그냥 얼굴도 뵐 겸 해서 왔습니다. 막둥이가 전집 좋아합니까?"

"책 안 좋아하는 놈인 줄 알았는데 막상 가져다주니 참 잘 봅니다. 이럴 줄 알았음 진작에 사다 주는 건데 애비가 되서 제가 이렇게 눈치가 없습니다."

그의 얼굴에서 나오는 찐웃음.

자식 생각에 흐뭇하지 않을 아비가 어디 있을까?

덕분에 분위기가 만들어졌다.

"책 가까이 하면 좋죠. 제가 구할 수 있으면 또 구해 드리겠습니다."

"아유, 그럼 저야 감사하죠."

"그런 의미에서 이번에 지은 도서관 있잖습니까, 거기 관리 간부를 정해야 하는데 혹시 제가 보급관님을 추천드려도 되겠습니까?"

그 말에 박태록이 흔쾌히 고개를 끄덕이며 답했다.

"이미 제가 관리 간부처럼 하고 있지 않습니까. 제가 하겠습니다."

"감사합니다. 아, 그리고 저희 중대에서 도서 관리병을 둘 정도 차출해야 될 예정입니다."

"본부소대에서 뽑아 가시는 건 아니죠?"

"예, 아닙니다. 뽑아도 저희 소대에서 뽑아야죠. 괜히 다른 소대에 부담을 줄 순 없지 않겠습니까."

"흠, 그렇죠. 요즘 가뜩이나 신병도 안 들어오는데 병사들 하나하나가 소중하지 않습니까. 1소대도 많이 비었죠?"

"예, 얼른 좀 채워 주십쇼."

"하하, 제가 단 인사담당관한테 압력 좀 넣어 보겠습니다."

박태록이 자신 있게 말은 했지만 별로 기대는 안 됐다.

그도 그럴 게 신병 문제만큼은 아무리 연줄을 써도 해결 안 되는 영역이었으니까.

'전방부터 채우면서 오는데 후방까지 오려면 한참을 기다려야 하지.'

그 증거로 기태준이 들어오는 것만 해도 한참이나 걸렸다.

관리 간부 확인을 마친 대한은 이어서 생활관으로 이동했다.

2시간의 전투휴무가 끝나고 대한의 지시를 기다리고 있던 터라 한 생활관에 다 모여 있었다.

대한이 물었다.

"이번에 새로 지은 도서관에 도서 관리병을 뽑아야 하는데 할 사람 거수. 참고로 2명 뽑는데 사수는 한 달마다 휴가, 부사수는 두 달마다 휴가다. 부사수는 사수가 휴가 갔을 때만 일하면 돼."

그 말에 상병장 할 것 없이 너도 나도 손을 들었다.

도서관이라고 하니 듣기만 해도 꿀 냄새가 진동을 할 것 같아서였다.

그럴 줄 알고 바로 사족을 붙였다.

"참고로 좀 전에도 대대장님 도서를 내가 대신 반납했다. 그리고 애들 학구열이 엄청 나서 한동안 할 일 엄청 많을 것 같더라. 책임감 있고 정리 잘하는 사람만 지원해. 새로 지은 곳이라 특히 대대장님이 꼼꼼하게 보실 거야. 참고로 여기서 정리란 다 본 책 순서대로 꼽는 것도 포함이다. 청소도 해야 하고."

그 말에 다들 손을 내렸다.

청소나 정리도 문제였지만 대대장이 자주 들락거린다고 하니 꽁무니를 빼는 것이다.

'그럼 그렇지.'

내정자는 있었지만 그럼에도 병사들에게 물어본 건 형평성을 위해서였다.

대한은 손 내린 병사들을 능청스레 둘러보더니 다시 물었다.

"없어?"

대한의 물음에 눈치 보는 병사들.

그래, 예상대로 이런 반응을 보여 줘서 참 고맙다.

대한은 더 둘러보는 척 고개를 이리저리 돌리더니 이내 두 명을 지목했다.

"사수는 종찬이가 하고 부사수는 태준이가 하자. 둘 다 나 따라와. 자세한 건 도서관 가서 설명해 줄게. 나머지 인원들은 좀 있다가 중대장님이 부를 거니까 대기하고 있고."

"예, 알겠습니다."

최종찬은 자신이 지목됐지만 그저 고개를 끄덕이며 대한을 따라 나갔다.

그도 그럴 게 최종찬은 휴가 갔다 오면서 이미 대한의 종이 되어 있었기 때문이다.

기태준 역시 마찬가지였다.

막내에게 무슨 권한이 있을까?

그에 반해 다른 상병장들은 모두 안도의 한숨을 내쉬며 자신이 선택되지 않았음에 감사해 했다.

"어휴, 대대장님이 자주 오시면 곤란하지."

"열 번 잘하다가 한번 못 해 봐라. 그땐…… 아휴, 생각만 해도 아찔하다."

이윽고 대한과 함께 도서관에 도착한 두 사람은 차례대로 면담을 시작했다.

최종찬과 둘이 있게 된 대한이 말했다.

"종찬아, 쫄 거 없다. 이거 사실 너 앉히려고 내가 약 친 거니까."

"그게 무슨 말씀이십니까?"

"너 공부하라고 일부러 내가 너 여기 앉힌 거라고. 할 일이야 좀 있겠지만 일과 시간에 누가 도서관엘 오겠냐? 또 대대장님도 처음에나 자주 오시지 나중엔 안 오실 거야, 그러니까 너무 겁먹지 마."

"아닙니다. 전 소대장님이 시키시면 다 할 수 있습니다."

"짜식, 그럼 너 꼭 대학 좋은데 가라. 올해도 수능 보고 내년에도 보잖아? 올해는 연습한다 생각하고 내년은 재수한다고 생각해. 2년이면 충분히 좋은데 갈 수 있어."

그 말에 최종찬이 감동한 표정으로 고개를 끄덕였다.

"열심히 하겠습니다."

"이건 우리 둘만의 비밀이다. 그럼 이제 가서 태준이 오라고 해."

이윽고 기태준이 왔다.

기태준을 부사수로 뽑은 건 계급 체계를 생각해서였다.

'종찬이를 뽑았는데 그보다 더 위엣놈을 부사수 시킬 순 없으니까.'

대한이 말했다.

"태준아, 넌 부사수라서 일과 중에는 정상적으로 일과에 집중하고 종찬이가 휴가 가거나 특수한 상황이 발생하면 그때 대신 임무수행하면 돼. 할 수 있지?"

"예, 좋은 것 같습니다."

"좋아, 그럼 이제 둘 다 도서관 관리 요령을 가르쳐 줄 테니 종찬이 불러와."

대한은 두 사람에게 도서관 관리 요령을 가르쳐 준 다음 그제서야 두 사람을 생활관으로 복귀시켰다.

✻

그렇게 시간이 흘러 어느덧 주말이 되었다.

원래라면 집에 내려갔겠지만 오늘은 선약이 있었다.

바로 유소연을 만나는 것.

대한은 평소처럼 일어나서 생활관 근처를 서성이다 약속 시간에 맞춰 준비를 시작했다.

사실 준비랄 것도 없었다.

머리는 짧았고 옷은 추리닝에 후드티가 전부였다.

그래도 만족도는 높았다.

돈에 쪼들렸던 전생과는 달리 이번 생에는 나이키나 아디다스 같은 이월상품에 비인기 브랜드가 아닌 메이저 브랜드에 유명한 라인들을 사 입었으니까.

대한은 위병소로 나가 유소연을 기다렸다.

그러자 추석 때 봤던 위병조장이 대한에게 다가왔다.

"충성!"

"어, 네가 위병조장이냐? 주말에도 고생이 많아."

한 사건을 같이 경험한 터라 내적 친밀감이 아주 높은 사이었다.

위병조장은 자연스럽게 대한의 옆에 서서 그날 있었던 일에 대해 말해 주었다.

"그 사장님이 용돈도 챙겨 주셨습니다."

"얼마 주셨냐?"

"미안하다고 하면서 10만 원씩 챙겨 주셨습니다."

"화끈하시네. 맛있는 거 사먹었냐?"

"예, 그날 피엑스 가서 회식했습니다. 근데 조만간 또 보자고 하시던데 뭐 알고 계신 것 있으십니까?"

"그 양반 부대에 공사하러 올 거야. 그러니까 다음에 오면 신분증 받아서 적어 놓은 다음 그냥 문 열어 줘. 단장님이랑 대대장님 다 알고 계시는 분이니까 상관없어."

"예, 그럼 저야 편하고 좋습니다."

"그래, 힘든 거 있음 또 말하고."

"감사합니다."

그렇게 대화가 마무리되어 갈 때쯤, 저 멀리서 익숙한 차 한 대가 보였다.

유소연의 차였다.

차는 수리를 했는지 멀끔했다.

유소연은 위병소 옆 주차장에 빠르게 차를 주차하고는 차에서 내려 대한에게 경례했다.

"충성! 잘 지내셨습니까?"

"아, 예. 충성."

그때였다.

유소연이 경례를 올린 순간, 위병조장을 비롯한 위병근무자의 눈이 휘둥그레 커졌다.

유소연의 압도적인 미모 때문이었다.

아니, 미모에 더해 딱 붙는 흰 티에 완벽한 청바지 핏.

거기다 모델처럼 긴 다리에 군더더기 없는 탄탄한 몸매는 누구라도 뒤돌아 볼 수밖에 없으리라.

물론 대한은 별로 신경 쓰지 않았지만.

"식전이시죠? 가시죠, 근처에 알아둔 데가 있습니다."

"네, 좋습니다!"

대한의 말에 유소연의 얼굴에 웃음꽃이 폈다.

길거리에서 컵라면을 먹어도 좋은데 무려 식당을 미리 알아봤다고 하니 자신에게 정성을 쏟은 것 같아 기분이 좋아졌기 때문이다.

✳

대한이 향한 곳은 인터넷으로 대강 검색해 알아낸 어느 양
식집이었다.

아무리 모태솔로 대한이라지만 적어도 첫 소개팅에서 김밥
집이나 국밥집을 가면 안 된다는 것쯤은 다년간의 경험으로 잘
알고 있었다.

그래서일까?

생각지도 못 한 양식집 방문에 유소연의 기분은 더더욱 좋
아졌다.

"역시 소위님은 센스가 좋으신 것 같습니다. 여긴 또 어떻게
아셨습니까?"

"멀리서 오신다길래 좀 찾아봤습니다. 혹시 입맛에 안 맞습
니까? 그런 거면 그냥 국밥집이나 갈 걸 그랬습니다."

"아닙니다. 저 양식 좋아합니다. 근데 소위님은 국밥 좋아하
시나 봅니다?"

유소연의 물음에 대한이 봉골레 파스타에 나온 조개를 어렵
게 까먹으며 말했다.

"부대 근처에 있는 해장국이나 국밥집은 다 알고 있습니다."

"오, 얼마나 있습니까?"

"8개 있습니다."

순식간에 대답하는 대한.

그 말에 유소연이 푸핫 웃었다.

"소위님은 정말 국밥집 좋아하시나 봅니다. 다음에 가실 때 저도 데려가 주십쇼."

"국밥 한 그릇 먹으러 오기엔 너무 먼 거리 아닙니까?"

"겸사로 바람도 쐬고 그러는 거죠. 안 됩니까?"

"안 될 건 없습니다. 다음에 먹으러 갑시다."

다음에 또 먹으러 가자는 말에 유소연이 환하게 웃었다.

자연스럽게 다음 약속에 대한 명분을 획득해서였다.

그렇게 두 사람은 한동안 시시콜콜한 이야기들을 주고받으며 즐겁게 식사를 진행했고 얼마 뒤, 유소연이 큰 결심을 했다는 듯 뺨을 붉히며 물었다.

"저…… 근데 주말에 저 때문에 괜히 시간 내신 거 아닙니까? 여자친구분이랑 시간 보내셔야 하는데."

"저 여자친구 없습니다. 모태솔롭니다."

"예?!"

순간 목소리가 높아진 유소연.

너무 놀랐기 때문이다.

'이렇게 괜찮은 사람이 모태솔로라고?'

그럴 리 없다고 생각했다.

아니, 만약 그게 사실이면 이건 정말 좋은 기회라고 생각했다.

좋아하는 사람의 첫 여자가 될 수 있다는 거니까.

식사를 마친 두 사람은 근처에서 커피를 테이크아웃한 뒤 다시 부대로 복귀했다.

부대 앞에 도착하기 전, 유소연이 못내 아쉬운 표정으로 말했다.

"벌써 부대 들어가셔야 하는 겁니까?"

"예, 준비할 게 좀 있습니다."

진짜였다.

이번 만남 때문에 부대에 남아 있기로 한 거, 이왕 남아 있는 김에 박태현의 전문하사 시험이나 도와주고자 했기 때문이다.

유소연이 아쉬움에 물었다.

"혹시 뭐 준비하시는지 여쭤봐도 됩니까?"

"안 될 건 없습니다. 저번에 낙동강에서 봤던 병장 친구 있잖습니까, 전문하사 준비한다던. 그 준비를 좀 도와주려고 합니다."

"이름이 박태현 병장 맞습니까?"

"아, 예. 맞습니다."

"이번에 그 시험 제가 감독인데 우연이 참 겹치는 것 같습니다."

"감독? 아, 사단 인사처에서 근무하고 계시지?"

"네, 맞습니다. 제가 하는 일입니다."

그때 대한의 머릿속에 좋은 생각이 떠올랐다.

"유 하사님, 혹시 부탁 하나만 드려도 되겠습니까?"

"부탁 말씀이십니까? 어떤⋯⋯?"

"만약 면접 때 전문하사 기간을 얼마나 생각하고 있는지 좀 물어봐 주시면 감사할 것 같습니다."

"보통은 6개월인데 그건 왜 물어보라는 겁니까?"

"그날 자기가 지원하면 기간을 바꿀 수도 있지 않습니까?"

"아⋯⋯ 그 친구를 좀 길게 보고 싶으신 겁니까?"

"예, 그 친구가 다른 사람이라면 몰라도 유 하사가 하는 말이면 참 잘 들을 것 같아서 그렇습니다."

그 말에 유소연은 대한이 뭘 원하는지 대번에 알아듣고 웃었다.

"어렵지 않습니다. 대신 다음에 국밥 2번 사 주셔야 합니다."

"3번 사 드리겠습니다. 부탁 좀 드리겠습니다."

"히히, 알겠습니다."

뜻밖의 딜에 유소연이 환하게 웃는다.

아마 집에 가는 내내 웃음이 끊이지 않을 것 같다.

✳

"긴장 안 되냐?"

"긴장은 무슨 긴장입니까, 또 뜀걸음을 해야 한다는 게 너무 짜증 납니다."

박태현은 진심이었다.

그도 그럴 게 지금 대한과 함께 전문하사 시험을 보러 가기 위해 이동 중이었기 때문이다.

박태현에게 지난 주말은 참 끔찍했다.

대한이 유소연에게 했던 말처럼 빈말이 아니라 정말로 주말 내내 훈련을 도왔기 때문이다.

대한이 피식 웃으며 말했다.

"가면 뛰고 싶을 걸?"

"그건 또 무슨 말씀이십니까?"

"그런 게 있어."

이내 사단 위병소에 도착한 대한은 임시 출입증을 받아들고 위병소를 통과했다.

그런 다음 연병장에 도착하자마자 박태현은 바로 몸을 풀기 시작했다.

참 지겨운 나날들이었다.

체력은 이미 특급을 맞았는데도 대한의 성화에 특급 이상의 성과를 내야만 했었으니까.

그래서 팔자에도 없던 추가 훈련을 죽어라 당했다.

'한동안 내가 뛰나 봐라.'

그렇게 다짐하며 몸을 풀고 있을 때였다.

저 멀리 이번 시험 담당 감독인 유소연이 트레이닝복 차림으로 연병장에 나타났다.

대한을 발견한 유소연이 밝은 얼굴로 외쳤다.

"충성! 김 소위님 일찍 오셨습니다!"

"충성, 늦으면 곤란하지 않습니까. 일찍 와야죠."

유소연의 얼굴엔 웃음꽃이 만발했다.

이유는 하나.

좋아하는 대한을 봤으니까.

그래서일까?

전에 못 본 유소연의 생글생글한 웃음에 박태현은 넋이 나갔다.

환하게 웃는 그녀의 미소가 너무나도 아름다웠기 때문이다.

멍한 표정의 박태현에게 유소연이 인사했다.

"오랜만이네, 박 병장도 잘 있었어?"

"아, 충성! 예! 그렇습니다!"

목소리 높여 경례하는 박태현을 보며 대한은 어이가 없었다.

단장님한테나 그렇게 좀 하지, 하여튼 간에…….

그러나 유소연은 그런 박태현이 귀엽다는 듯 웃으며 말했다.

"준비는 잘했어?"

"예! 특급 부사관이 되기 위해 최선을 다했습니다!"

"실력 있는 후배가 들어오면 좋지. 그럼 좀 이따 기대할게."

기대한다는 말.

그 말에 박태현의 아드레날린이 폭발하기 시작했고 대한은 그런 박태현을 보며 혀를 찼다.

그러나 유소연은 그런 박태현이 그저 귀엽다는 듯 쿡쿡 웃으며 대한에게 말했다.

"그래도 보기 좋지 않습니까. 아참, 김 소위님, 천 중령님이 기다린다고 말씀 전해 달라고 하셨습니다."

"안 그래도 뵙고 가려고 했는데 지금 어디 계십니까?"

"집무실에 계신다고 하셨습니다. 제가 안내해 드리겠습니다."

두 사람은 연병장에 박태현만 놔둔 채 사단으로 들어갔다. 그리고 들어가는 길에 유소연에게 다시 한번 말했다.

"이따가 아시죠?"

"당연히 알고 있습니다. 제가 최대한 설득해 보겠습니다."

설득.

그것은 박태현의 전문하사 기간 증강을 말하는 것.

유소연의 자신감 찬 말에 대한이 악마처럼 웃으며 말했다.

"잘 되면 밥 사겠습니다. 아니, 많이 사겠습니다."

"밥을 위해서라도 꼭 해내야 할 것 같습니다. 아, 저기가 천 중령님 집무실입니다. 들어가 계시고 시험 끝나면 연락드리겠습니다."

"예, 고생하십쇼."

대한은 생글생글 웃는 유소연과 헤어진 뒤 천용득의 집무실 문을 두드렸다.

곧 들어오라는 소리가 들렸고 대한은 미소를 장착한 채 문을 열었다.

"충성, 잘 지내셨습니까?"

"이야, 대한이 너도 잘 지냈냐? 선배님한테 들어 보니까 또 복귀하자마자 도서관 만들었다고 자랑하시던데?"

"하하, 예. 맞습니다. 대대장님께서 병력들이 자기개발을 할 수 있는 여건을 조성하고 싶다고 하셔서 제가 준비 좀 해 봤습니다."

"선배는 말년에 운도 좋아. 아주 부하 복이 넘치는구만."

"하하, 저는 천 중령님도 제 상급자라고 생각하고 있습니다."

"그렇지, 너도 내 부하지. 암."

대한의 립서비스에 만족한 천용득이 대한의 어깨를 두드려 주며 의자에 앉혔다.

그러고는 음료를 하나 꺼내 주며 말을 이었다.

"그런 의미에서 조만간 다른 부대에 가야 된다는 게 참 아쉽구만. 너 진짜로 나 따라 안 갈래?"

"하핫, 그건 좀…… 그보다 이번엔 어디로 가십니까?"

"글쎄, 육본에 갈 것 같긴 한데. 으휴, 거기 갈 생각하니까 벌써 머리가 아프다."

엥?

육본 가면 좋은 거 아닌가?

그 말에 대한이 고개를 기울이며 물었다.

"육본 가면 좋은 거 아닙니까? 보통 진급하러 가는 건데 그럼 이번에 가시면 대령 다시는 거 아닙니까?"

"그게 꼭 그렇지만도 않아. 사실 헌병은 요직이라 할 만한 곳이 없거든. 운 좋으면 어렵히 올라갈 텐데 굳이 힘든 델 골라갈 필요가 없단 말이지."

"그래도 육본이면 좋을 것 같은데…… 게다가 제가 듣기로는 불러 주는 데 가는 게 제일 좋다고 들었습니다."

그 말에 천용득이 피식 웃으며 말했다.

"이거 우리 핏덩이한테 괜히 겁만 주는 거 아닐까 싶긴 한데 육본이나 국방부, 합참 같은 곳들은 일을 빡세게 안 시켜도 그냥 빡센 곳이야. 나중에 너도 그런데서 부른다고 좋다고 바로 가지 말고 잘 한번 따져 봐. 그런덴 괜히 갔다가 까딱 잘못하면 전역지원서 써야 되는 곳이야."

"역시 그냥 좋은 자리는 없나 봅니다."

"당연하지. 요직이라 불리는 자리들은 다 빡센 자리야."

"대위 달고 육본 가고 싶었는데 좀 아쉬운 것 같습니다. 천 중령님이랑 같은 부대서 근무할 기회가 날아가 버리다니 말입니다."

"대위? 공병 대위 자리가 괜찮은 데가 있던가?"

"후방 사단 돌아다니는 것 보단 훨씬 낫지 않겠습니까. 일이 빡센 거야 지금도 빡셉니다. 잘 알고 계시지 않습니까."

그 말에 천용득은 자기도 모르게 고개를 끄덕였다.

여태 대한이 해결한 일들의 난이도만 보면 육본 따윈 우스울 정도였으니까.

그래서일까?

천용득은 대한과 같이 군 생활을 할 수 있다는 사실에 귀가 솔깃해졌다.

이왕 해야 되는 군 생활이라면 마음에 들고 재밌는 놈을 근처에 두는 게 더 좋았으니까.

그렇기에 천용득은 잠시 고민을 하더니 천천히 입을 열었다.

"네가 대위 달고 육본 오려면 몇 년 정도 걸리는 거지?"

"중대장을 2차까지 해야 하니 최소 6년 정도 걸리지 않겠습니까?"

"하, 6년이나 열심히 일해야 해? 그건 좀 곤란한데."

"그때 되면 천 대령님으로 뵐 수 있을 것 같은데 말입니다."

6년이나 육본에 있는데 진급 못 하는 게 더 이상한 일이었다.

잠시 고민하던 천용득이 말했다.

"쩝, 일단 거절은 미뤄 놔야겠네."

빈말이 아니었다.

천용득은 정말로 대한에게 애정이 있었으니까.

진급 욕심 없던 천용득의 마음에 다시금 열정의 불이 지펴진다.

천용득은 박희재가 참 부러웠다.

✵

대한은 시험 끝날 시간을 계산해 천용득과 함께 연병장으로 나왔고 밖으로 나왔을 때쯤엔 바닥에 누워 숨을 몰아쉬는 박태현을 발견할 수 있었다.

옆에는 유소연이 있었는데 쓰러져 누운 박태현에게 물을 주며 칭찬을 해 주고 있었다.

"이야, 박 병장. 병장 치고 체력 짱 좋은데?"

"하하, 간부가 체력이 안 좋아서 되겠습니까."

"아주 믿음직스러워. 아, 그럼 기간은 아까 말한 대로 수정해서 올린다?"

박태현은 시험 내내 유소연이 본인에게 관심을 가지고 말을 계속 걸어 주는 것이 행복했다.

그리고 그 행복이 절정에 다다랐을 때쯤 유소연이 작전대로 복무 기간을 늘리는 것에 대해 제안했다.

거절은 없었다.

오히려 '군 생활 최대로'를 외치며 유소연의 미소를 한 번이라도 더 보기 위해 애썼다.

박태현이 늠름하게 웃으며 말했다.

"예, 그렇게 올려 주십쇼. 어차피 전역해도 할 것도 없습니다."

그 말에 유소연이 엄지를 치켜들며 다시 한번 박태현의 의지를 칭찬했다.

"좋은 생각이야, 간부로 군 생활하면 배우는 것도 많을 거야."

"많이 도와주십쇼."

"당연하지. 김 소위님이랑 내가 열심히 도울게."

"소대장님 도움은 굳이 필요 없는데……."

그때, 저 멀리 대한을 발견한 유소연이 대한에게 총총 달려가 조용히 작전 결과를 보고했다.

"1년 6개월로 기간 수정했습니다. 체력도 특급으로 합격했고 면접도 우수해서 무조건 붙을 겁니다."

"감사합니다. 애쓰셨습니다."

그 말에 옆에 있던 천용득이 고개를 저으며 말했다.

"진짜 유 하사 때문에 전문하사 기간을 1년 6개월로 늘렸다고? 그놈도 참 미친놈이네. 후회할 텐데?"

"전 아무 말도 안 했습니다. 그저 유 하사가 저 대신 제안해 줬을 뿐."

"너 인마, 남자의 순정을 그렇게 짓밟으면 안 돼. 그러다 벌받아."

"오해십니다. 그저 믿음직한 친구와 오랫동안 군 생활을 같이하고 싶을 뿐입니다. 그렇지 않습니까, 유 하사?"

"예, 맞습니다. 저도 좋아하는 사람과 군 생활을 오래하고 싶습니다."

유소연의 반응에 천용득이 다시 한번 고개를 내젓는다.

저 말이 무슨 뜻인지 모르지 않았기 때문이다.

물론 대한은 몰랐다. 그냥 하는 말이겠거니 했다.

그때, 별안간 질문거리가 생각난 대한이 넌지시 유소연에게 물었다.

"그나저나 유 하사는 우리 태현이 좀 어떻습니까?"

"네?"

그 말에 유소연의 눈이 동그랗게 커졌다.

천용득도 마찬가지였다.

그러나 대한은 전혀 아랑곳 않고 재차 물었다.

"그냥 뭐 저렇게 좋아하니까 한번 물어나 보는 겁니다."

그 말에 유소연이 눈을 가늘게 좁히며 대답했다.

"전 저보다 계급 낮은 군인한테는 매력을 못 느낍니다."

"흠, 그럼 만약 태현이가 말뚝 박고 유 하사보다 더 빨리 진급하면 어떻습니까?"

"흥, 그땐 전역해 버릴 겁니다. 병사로 시작한 사람한테 진급 따라 잡히면 너무 능력 없어 보이지 않습니까."

"아, 그것도 그런가?"

둔한 대현은 유소연이 자신을 좋아하는 줄 전혀 모르고 있었다.

그렇기에 오히려 박태현과 유소연을 이어 주고 싶어 했다.

자기가 봐도 박태현은 꽤 괜찮은 남자였으니까. 그것과 더불어.

'만약 태현이가 군에 오래 남는다면 그건 그것대로 좋은 일일 테니까.'

데리고 다닐 수 있으면 최대한 데리고 다니고 싶었다.

그래야 내 군 생활이 편해지니까.

그때, 천용득이 대한을 보며 혀를 찼다.

"쯧쯧, 일만 잘하지. 순 맹탕 같은 놈 같으니라고."

"저 말씀이십니까?"

"그래, 너 말이다. 유 하사도 참 고생이구만."

그 말에 입술을 샐쭉 내미는 유소연.

하지만 마음 접을 생각은 없었다.

원래 짝사랑은 아픈 법이니까.

그렇게 박태현의 전문하사 시험이 끝났다.

※

부대로 복귀한 후, 박태록은 난리가 났다.

그도 그럴 게 6개월짜리 계약직이 1년 6개월짜리 계약직으로 돌아왔으니까.

퇴직금이라도 받고 나가라며 1년으로 하라고 설득만 며칠이었는가.

그런데 절대 안 할 것 같았던 놈이 갑자기 알아서 기간을 늘려 왔으니 박태록 입장에선 대한이 신처럼 보였다.

그래서 신난 마음에 박태현을 이곳저곳 끌고 다니기 시작했다.

전문하사 합격 소식을 전했으니 이제 부사관들에게 인사하러 돌아다녀야 했으니까.

'간만에 들어온 뉴비인데 얼마나 반갑겠어.'

병사는 물론 간부 충원도 늦는 후방 특성상 새로운 후배의 등장은 언제나 환영이었으니까.

그런 의미에서 한 부대에 오래있는 부사관의 특성상 지금이 가장 중요한 시기였다.

따로 챙겨 주진 않아도 될 것 같았다.

눈치껏 알아서 잘하는 것 같았으니까.

박태현의 전문하사 임관 건을 마무리한 대한은 이어서 어디론가로 전화를 걸었다.

박태현 문제를 처리했으니 이젠 다른 놈들을 돌봐줄 차례였기 때문이다.

대한은 옥지성과 최종찬을 불러 도서관으로 향했다.

"둘 다 수첩 챙겨서 따라와."

도서관으로 향하며 옥지성이 물었다.

"도서관엔 무슨 일 때문에 가십니까?"

"너 경찰에 관심 있다고 하지 않았나?"

"예, 그렇습니다."

옥지성의 직업 탐구는 꽤 오랜 시간 지속되었다.

아무래도 생애 처음으로 공부에 흥미를 붙여 본 것인데다 이미 사회생활을 해본 경험이 있어 최종찬보다 과 선택에 더 신중했기 때문.

그런 의미에서 옥지성은 안전성과 멋을 중점적으로 봤는데 그것들에 어울리는 직업들 중 하나가 바로 경찰이라고 생각했다.

"내가 너를 위해 현직 경찰을 멘토로 초빙했다. 종찬이는 경찰에 관심 없을 수도 있겠지만 같이 수능을 준비하는 사이니 한번 들어나 봐."

"억, 정말 경찰이 오는 겁니까?"

"그래, 이번에 부대에서 교육하는 게 하나 있는데 협조 요청하러 갔더니 내 친구더라고. 그래서 딱 부탁했지."

"와, 대박. 역시 소대장님이십니다."

이윽고 주차장에 경찰차 한 대가 들어왔고 차에서 박창섭이 내리며 대한에게 해맑게 인사했다.

"대한아!"

"어, 왔냐? 나 때문에 일찍 오게 해서 미안하다."

"아냐, 원래도 일찍 오려고 했어. 알잖아, 나, 완벽주의자인 거."

완벽주의자.

들을 때마다 묘하게 웃겼다.

절대 비웃는 건 아니고 옛날의 박창섭 이미지와 너무 달라서.

대한이 웃으며 말했다.

"일단 대대장님한테 인사부터 드리러 가자. 상담은 그 다음에 하면 돼. 같이 들어가자."

"아냐, 안 그래도 돼. 넌 하급자라 불편할 텐데 내가 후딱 인사드리고 나올 게."

굳이 그럴 필요 없는데……

그래도 좋은 게 좋은 거라고 친구 말대로 하기로 했다.

대대장실 앞에 도착한 대한은 문을 두드려 박창섭의 도착을 알렸고 예정대로 박창섭 혼자 들어갔다.

그리고 얼마 지나지 않아 금방 나왔다.

몇 분도 안 되는 시간이라 의아함에 대한이 물었다.

"왜 이렇게 일찍 나와?"

"네 친구라니까 그냥 다 오케이 하시던데? 편하게 시간 보내라고 하시더라."

그 말에 대한의 어깨가 으쓱여졌다.

박희재가 자신의 기를 살려 주었기 때문이다.

덕분에 대한도 당당하게 말했다.

"우리 대대장님이 좀 호쾌한 분이시긴 하지. 그럼 이제 과장님 만나러 가자. 그분이 공문 보내신 분이셔."

이어서 여진수를 만났다.

협조하는 과정에서 약간의 잡음이 있었다곤 하지만 미리 양측 분위기를 정리해 두어 걱정할 만한 일은 일어나지 않았다.

두 사람 다 사무적인 미소를 띠며 인사를 나누었다.

"공문 보내신 과장님이시죠? 반갑습니다. 박창섭입니다."

"하하, 전화로만 인사드렸었는데 반갑습니다. 그나저나 교육이 10시 시작인 걸로 아는데 일찍 오셨네요?"

"대한이가 뭐 좀 도와달라고 한 게 있어 가지고 좀 일찍 왔습니다."

"아, 그러시구나. 대한아, 친구분이랑 할 거 하고 안내도 잘 시켜 드려라."

"예, 알겠습니다."

이로써 인사도 모두 패스.

대한은 드디어 박창섭을 데리고 도서관으로 향할 수 있었다.

이윽고 도서관에 도착하자 먼저 대기하고 있던 옥지성과 최종찬이 자리에서 일어나 경례를 올렸다.

"충성, 오셨습니까."

"그래, 질문거리는 좀 정리해 놨냐, 모셔 왔다."

"반갑습니다, 박창섭이라고 합니다."

멘토링 역할을 부여받았지만 박창섭은 절대로 먼저 말을 놓지 않았다.

이것만 봐도 박창섭이 얼마나 기본이 된 사람인지 알 수 있었다.

그리고 그것은 옥지성도 마찬가지.

옥지성이 먼저 넉살을 부렸다.

"하핫, 만나 뵙게 돼서 영광입니다. 그보다 멘토링 해 주시는데 존댓말 안 쓰셔도 됩니다."

"그럴까? 그게 편하면 그렇게 할 게. 그보다 너희들 수능 준비하고 있다며?"

"예, 수능 준비 중입니다."

"경찰 시험은 따로 있는 거 알지?"

"예, 알고 있습니다."

"나도 고졸이야. 빨리 경찰이 되고 싶었거든. 물론 경찰대를 준비하는 방법도 있겠지만 난 머리가 그렇게 좋은 것 같지 않아서 바로 순경 시험을 준비했지."

박창섭은 자신의 이야기를 라이트하게 푸는 것을 시작으로 경찰에 대한 이런저런 이야기들을 해 주었다.

그 이야기를 심도 깊게 듣던 옥지성이 손을 들며 질문했다.

"질문 하나만 해도 되겠습니까?"

"뭔데?"

"대학까지 포기하고 꼭 경찰이 되어야만 했던 계기가 있습니까?"

그 물음에 박창섭이 슬쩍 대한의 눈치를 보더니 대한에게 물었다.

"어떻게, 솔직하게 이야기할까? 아님 교과서적인 답변을 이야기할까?"

그 말에 대한은 생각 없이 대답했다.

"리얼리티가 좋지. 나도 궁금하다야."

"그래? 그럼 솔직하게 말할 게. 난 복수 때문에 경찰이 됐어."

"보, 복수 말씀이십니까?"

복수란 말에 대한도 놀랐다.

애가 갑자기 무슨 말을 하는 거야?

하지만 호기심이 무섭다고 박창섭을 제지할 생각은 못 하고 멍하니 애들과 함께 경청했다.

"난 사실 학교 폭력 피해자야. 그 과정에서 십자인대까지 끊어져서 면제까지 받은 케이스인데……."

박창섭은 부끄러울 수도 있는 과거를 가감 없이 말했다.

박창섭이 경찰이 되고자 했던 이유.

정말 복수 때문이었다.

그도 그럴 게 십자인대가 끊겨 전학을 갔음에도 불구하고 박창섭의 부모님은 가해자들을 고소하지 않기 때문이다.

"정확히는 일부러 안 한 거지. 내가 부탁드렸거든."

"이유를 알 수 있겠습니까?"

"겁나서는 아니었고 변호사들과 상담해 보니 아무리 고소를 한다고 한들 내가 원하는 만큼의 처벌은 안 나올 것 같더라고. 그래서 부모님을 설득해서 내 스스로 복수하겠다고 한 거야."

경찰이 된 박창섭은 일부러 가해자 주변을 얼쩡거렸다고 했다.

가해자 놈들 소식이야 대구 바닥이 좁으니 조금만 수소문해도 금방 알아낼 수가 있었으니까.

그리고 아무것도 안 했다. 그저 근처에만 얼쩡거리며 눈에 띄었을 뿐.

그러자 아니나 다를까, 사람 안 변한다고 박창섭을 알아본 가해자 몇 놈은 여전히 과거의 영광에 취해 박창섭을 막 대했다.

박창섭은 그 과정에서 말 몇 마디를 얹었을 뿐이고.

너흰 그대로구나.

사람 안 변한다더니 여전히 그렇게 사네.

한심하다.

그 말 몇 마디에 녀석들은 결국 주먹을 들었고 박창섭은 기다렸다는 듯이 놈들을 잡아 폭행 전과를 만들어 주었다.

이야기를 모두 들은 옥지성이 마른침을 삼키며 말했다.

"근데 그거 표적수사 아닙니까……?"

"그런 건 검사가 하는 거고. 난 그냥 미끼를 던졌을 뿐이야. 사람은 안 변하고 군자의 복수는 10년이 걸려도 안 늦는다잖아. 솔직히 뒤늦게라도 사과하면 용서해 주려고 했는데 역시 사람은 안 변하더라."

그 말에 누구도 감히 반박할 수가 없었다. 다만 대한만큼은 조금 후회했다.

'그냥 교과서적인 답변이나 하라고 할 걸.'

멘토링 수업치곤 좀 과했다.

박창섭이 이어서 말했다.

"인생 길어. 나도 목적을 완수한 후엔 대강대강 살고 있고. 그리고 경찰의 삶이 또 생각보다 그리 좋은 것만은 아니야. 구역 잘못 걸리면 민원인이나 주취자들한테 얼마나 시달리는데…… 그러니 해 주는 말인데, 직업을 최종 목적으로 삼지 말고 정말 하고 싶은 일이 뭔지 감안해서 과를 선택해. 그게 너희들한테 훨씬 더 도움이 될 거야."

"예, 알겠습니다."

"자, 그럼 질문?"

"없습니다."

"그래, 모쪼록 도움이 됐으면 좋겠네. 대한아 더 할 거 있냐?"

"어, 없다."

"그럼 나 차에 좀 갔다 올게. 슬슬 시간이 준비해야 될 시간이네."

"어, 그래. 그러자."

시간이 벌써 10시를 향해 달려가고 있다.

대한은 박창섭을 먼저 보낸 뒤, 두 사람에게 조용히 말했다.

"아휴, 미안하다. 나도 오랜만에 본 친구라 이런 이야기는 처음 듣네."

"아닙니다. 오히려 더 도움이 된 것 같습니다."

"그래? 그럼 자세한 이야기는 나중에 마저 하고 일단 둘 다 복귀해. 이따 보자."

"예, 알겠습니다."

대한은 두 사람을 돌려보낸 뒤 간부 연구실로 향했다.

박창섭도 준비를 시작했으니 자신도 준비를 시작해야 했기 때문이다.

그런데 간부 연구실 문을 열자 안유빈이 카메라를 들고 대한을 기다리고 있었다.

"어, 대한이 왔어?"

"충성. 여긴 어쩐 일이십니까?"

"어쩐 일이긴, 취재하러 왔지. 오늘은 취재해도 괜찮지?"

아이고.

최대한 조용히 준비했는데 이걸 냄새 맡네.

대한이 물었다.

"또 국방일보에 올리실 겁니까?"

"외부인 오는 거는 당연히 내야지."

아쉬움에 대한이 입맛을 다셨다.

이건 막을 재간도 명분도 없었다.

원래 이런 게 정훈장교가 해야 될 일이었으니까.

'이런 카드는 최대한 아껴 두고 싶었는데 어쩔 수 없지.'

대한이 고개를 끄덕이며 말했다.

"10시에 시작하니까 그때부터 취재하시면 될 것 같습니다."

"오케이, 알겠어."

이윽고 10시가 다 되었을 무렵.

강의 준비를 마친 대한과 박창섭은 잠시 자리에 앉아 휴식을 취하며 대화를 나누었다.

말문은 박창섭이 먼저 열었다.

"야, 대한아."

"왜?"

"멘토링으로 불러 줘서 고맙다. 덕분에 생각 정리가 좀 됐어."

"생각 정리가 됐다니?"

"아까 말했잖아. 목적 완수 후엔 대강대강 살고 있다고."

완벽주의자라며?

그게 어떻게 대강 사는 거냐?

대한은 그 말이 목구멍까지 나왔지만 꿀꺽 삼켰다.

"그래서, 무슨 생각이 정리가 됐다는 건데?"

"나 경찰 관두려고."

"뭐?"

"마음이 급해서 일단 경찰이 됐던 건데 일단 하고 싶은 복수는 끝났잖냐. 그러니 열정이 좀 사라지더라고. 그래서 이젠 다른 걸 좀 준비해 보련다. 아참, 나 이런 거 아무한테도 말 안 했다. 너한테만 처음 이야기하는 거야."

나한테만이라.

그 말에 기분이 좀 묘했다.

내가 뭐라고.

대한이 잠시 생각하던 끝에 물었다.

"그래서, 이젠 뭘 준비할 건데. 설마 너도 대학 가려고?"

"어라, 어떻게 알았냐. 나 경찰대 준비해 보게."

"아깐 경찰 관둔다더니?"

"에이, 열정이 사라졌다고 했지 다른 일하고 싶다고 한 적은 없다. 복수 때문에 경찰이 되긴 했지만 하다 보니 적성에도 좀 맞더라고, 경찰로 지내보니까 더 큰 목적이 생기기도 했고."

"더 큰 목적?"

"난 그놈들 때문에 십자인대도 끊어지고 인생 자체가 바뀌었는데 그 대가로 겨우 폭행전과 하나라니, 그건 좀 억울하잖냐."

"무, 뭐?"

그 말에 대한의 눈이 휘둥그레 커졌다.

그럼 걔네들 더 괴롭히려고 경찰대를 가겠다는 건가?

대한의 놀란 표정에 박창섭이 크게 웃으며 말했다.

"아, 농담이야, 농담. 난 뭐 농담도 못 하냐."

"네가 하면 농담처럼 안 들리니까 그렇지."

"그건 뭐 모를 일이고…… 아무튼 덕분에 생각 정리가 돼서 고맙단 말을 하고 싶었다. 가끔씩 보면서 밥이나 한 끼 하자."

"그래, 그거 뭐 어렵다고. 나도 불안해서 꼭 옆에서 봐야겠다. 네가 무슨 사고를 칠지. 암튼 준비 잘해라, 경찰대 엄청 높던데 재수할 생각하지 말고."

"쓸데없는 걱정은."

이윽고 시간이 다 된 두 사람이 자리에서 일어났다.

✳

강의는 성공적으로 끝났다.

면제인 친구, 짬밥이라도 먹여 보낼까 싶었으나 면제도 짬밥 맛없는 건 아는지 단칼에 거절당했다.

게다가 오늘 당장 사직서를 낸다고 하니 더더욱 붙잡을 수가 없었다.

'추진력 하나는 엄청 나네.'

대한은 조만간 또 보기로 하고 박창섭과 헤어졌다.

그리고 오후 일과 준비를 시작하려는데 여진수에게서 전화가 왔다.

"충성. 전화 받았습니다."

─흡연장.

여진수는 단 세 마디만 내뱉은 채 끊어 버렸다. 너무 어이가 없어서 피식 웃음이 났다. 하지만 어쨌든 오라고 했으니 흡연장으로 향했다.

"충성, 무슨 일이십니까?"

"강의 잘 끝냈다며?"

"그렇습니다."

"좀 전에 정훈장교 왔다 갔다."

"촬영하는 것 때문에 말씀이십니까?"

"그건 너한테 허락받았다며?"

"제가 허락하는 위치가 맞는진 모르겠지만 일단 알겠다고 말하긴 했습니다."

"원래 허락은 능력 있는 놈이 하는 거지 뭐. 아무튼 촬영하는 것 때문은 아니고 안유빈이가 그러던데 상급부대에서 연락 왔다더라."

"……예?"

아니 오늘 취재했는데 무슨 상급부대에서 벌써 연락이 와?

대한의 놀란 표정에 여진수가 피식 웃으며 말했다.

"이거 누가 준비했냐고 물었다고 하더라. 축하한다."

여진수의 축하.

그 말에 대한은 자기도 모르게 미소가 지어졌다.

말하는 모양새를 보아하니 공적 가로채기 없이 오롯이 대한의 공으로 올린 모양.

"감사합니다."

하지만 마냥 좋은 것만은 아니었다.

자신은 현재 소위.

지금은 어떤 실적을 쌓아도 스노우볼 굴릴 만한 게 아니라면 큰 의미는 없는 구간이었기 때문이다.

'그래도 좋은 일 한번 했다고 생각하자.'

그래도 아쉬운 건 아쉬운 법.

대한이 사회적 미소를 띠며 말했다.

"근데 좀 아쉬운 것 같습니다."

"뭐가?"

"전 소위라 지금 당장은 위에 잘 보여도 의미가 없지 않습니까. 차라리 과장님이 기획하신 거라고 하는 게 더 낫지 않겠습니까?"

아부가 아니라 진심이었다.

상급부대한테야 좋은 인상 한번 반짝 박히고 말겠지만 가까운 사람은 두고두고 기억해 줄 테니까.

물론 그것도 사람 봐 가면서 하는 말이긴 하다만…….

'전생에 상사한테 공적 밀어준…… 아니 뺏긴 적이 어디 한두 번이어야지.'

그래도 최소한 여진수는 그런 사람처럼 안 보였다. 전생에 여진수한테 공적을 뺏긴 적도 없고.

거기다 보통 공적 뺏어 가는 놈들은 능력이 없기 마련인데 여진수는 에이스 중의 에이스였으니까.

그때, 대한의 말에 여진수가 미간을 찌푸렸다.

"무슨 소리야? 네가 한 걸 왜 내가 했다고 하냐? 넌 날 평소에 어떻게 봤길래 그런 말을 해?"

"아, 아닙니다. 전 그냥 아쉬워서 드린 말씀일 뿐입니다."

"아서라. 네가 안 챙겨 줘도 내 앞가림은 내가 한다. 쪽팔리게 후배 공적 뺏어 올라가는 놈이 등신이지. 그리고 너 인마, 지금 당장은 도움 안 돼 보여도 인생사 새옹지마라고 앞날 어떻게 될지 모르는 거야. 다음에 비슷한 일이 생겼을 때 그때 윗선에서 '저번에 걔' 하면서 너 찾으면 그땐 어떡할래?"

"죄송합니다. 생각이 짧았습니다."

"자식이 착해 빠져 가지곤…… 아무튼 정훈장교가 솔직하게 네 칭찬 많이 해 놨다고 하니까 축하한다. 그거 말하려고 불렀어."

"감사합니다."

여진수의 대답엔 대한은 상급부대에서 칭찬했다는 말을 들었을 때보다 더 깊은 미소가 지어졌다.

전생에는 여진수란 사람을 잘 몰랐는데 이번 생엔 그와 깊게 엮일수록 그의 따뜻한 마음이 느껴져 든든했기 때문이다.

"앞으로도 잘 부탁드리겠습니다, 과장님."

"내가 왜? 미친 놈 아냐 이거, 일은 네가 했고 보고는 안유빈이가 했는데 왜 나한테 잘 부탁해?"

"그냥 그런 게 있습니다."

"난 너 중대장 때까지만 보고 안 볼 거야."

"하하, 그때 가면 또 마음 바꿔실 겁니다."

두 사람은 티격태격 웃으며 오후 일과 준비를 위해 막사로 이동했다.

✳

오전 일과가 경찰들의 교육이었다면 오후 일과는 소방관들의 교육이었다.

연병장에는 이미 소방차와 교육을 위한 소방관 5명이 도착해 있었다.

그것을 본 대한이 옆에 선 옥지성에게 가서 물었다.

"소방관 멘토링은 필요 없냐?"

"어…… 예, 필요 없을 것 같습니다."

"왜?"

"아까 경찰분이 해 주신 말씀 듣고 생각이 좀 많아졌습니다. 직업이 아닌 진짜 꿈을 찾으라는 말 때문에 말입니다."

"그럼 경찰도 흥미 없어진 거냐?"

"하하…… 넵, 사실 그렇습니다."

하긴 경찰 된 계기가 복수라는 놈한테 멘토링 교육을 들었는데 흥미가 남아 있는 것도 이상하지.

대한이 말했다.

"미안하다, 난 진짜 몰랐어."

"아닙니다. 그래도 현실적으로 다시 한번 더 돌아볼 수 있는 계기가 된 것 같습니다."

"종찬이 너는?"

대한이 옆에 선 최종찬에게 묻자 최종찬이 웃으며 말했다.

"전 형사 같아서 멋있긴 했습니다만 애초에 경찰이 되겠다는 생각을 해 본 적이 없어서…… 그리고 전 이미 과를 정해 뒀습니다."

"벌써? 어딘데?"

"하하…… 부끄러우니 천천히 말씀드리겠습니다. 일단 대학부터 붙고 꿈이 구체화가 되면 그때 말씀드리겠습니다."

"그래? 알겠다."

자식이 괜히 사람 궁금하게 만드네.

하지만 독촉하는 것도 폼이 좀 웃겨서 그러려니 했다.

이윽고 오후 교육이 시작되었다.

과연 소방관들.

소대장들이 하는 가라 교육과는 비교도 할 수 없을 만큼 질 좋은 안전 교육을 제공해 주었다.

'괜히 전문가가 아니지.'

물론 이론 교육 자체는 비슷했지만 뚜렷한 차이점은 장비에서 드러났다.

군에는 소방차가 없었으니까.

이어서 이론 교육을 끝낸 소방관들이 드럼통에 불을 붙였고 불 끄기 체험을 위한 지원자를 받았다.

그때, 안유빈이 대한에게 슬쩍 다가와 말했다.

"대한아."

"엇, 충성. 언제 오셨습니까?"

"아까부터 보고 있었지. 근데 저 불 끄는 작업, 내가 원하는 대로 사진 몇 방만 좀 찍어도 되겠냐?"

"어떻게 말씀이십니까?"

"병사들이 불 끄는 거 한 번 찍고 대대장님이 불 끄는 거 한 번 찍으면 될 것 같다."

"대대장님도 말씀이십니까?"

"국방일보 보낼 건데 얼굴마담은 필요하잖아?"

역시 안유빈.

의욕이 넘친다.

이미 윗선에도 보고가 됐으니 더 말릴 이유도 없었다.

대한이 웃으며 말했다.

"예, 그렇게 하면 그림이 좋을 것 같습니다."

"오케이."

이윽고 안유빈이 박희재를 데리고 와 사진을 찍었고 오후 교육 또한 성황리에 마무리 지을 수 있었다.

✻

다음 날 아침.

대한이 출근하려던 그때 여진수에게 전화가 왔다.

—야, 출근했냐? 아직 안 했으면 전투복 제일 깨끗한 걸로 입고 나한테 와라.

이유는 몰랐다.

이유를 묻기도 전에 끊어 버렸으니까.

뭘까?

뭔데 아침부터 이렇게 난리야?

그래도 일단 챙겨 입고 오라고 했으니 챙겨 입고 정작과로 향했다.

"충성!"

"어, 왔냐? 전투복 깨끗해?"

"예, 항상 깨끗하긴 합니다만…… 무슨 일 때문에 그러시는지 여쭤봐도 되겠습니까?"

"자식이 병아리 티 내냐? 옷 깨끗한 거 입고 오라면 당연히 좋은 일이지, 뭘 물어? 아침에 참모장님한테서 전화 왔다. 너 데리고 오라고."

참모장?

갑자기?

대한이 커진 눈으로 물었다.

"참모장님이면 작전사 참모장님 말씀이십니까?"

"그래, 저번에 관이랑 협조한 거 때문에 너 찾으시는 것 같더라. 축하한다, 짜식. 아마 표창 받을 거야, 너."

여진수는 진심으로 축하해 주었고 대한은 우수수 소름이 돋았다.

아침부터 이게 무슨 일이야?

하지만 정신없는 와중에도 기분은 좋았다.

칭찬 한번 하고 말 줄 알았던 건을 표창씩이나 받게 되었으니까.

대한의 미소를 본 여진수가 대한의 옆구리를 쿡 찌르며 말했다.

"짜식이 웃기는. 난 보고 자료를 급하게 만들어야 하니까 넌 수송부 가서 차량 확인 좀 해라. 아참, 참고로 대대장님도 같이 가신다."

"예, 알겠습니다!"

박희재의 동행까지 이루어지다 보니 당연히 1호차가 배정되었다.

대한을 본 박희재가 씩 웃으며 말했다.

"자식아, 사고 친 지 얼마나 됐다고 또 사고를 쳐?"

"하하, 죄송합니다. 다음부턴 자중하겠습니다."

"어허, 앞으로도 더 사고를 치도록. 일단 늦었으니 가면서 얘기하자. 네가 선탑자 해라."

"옙!"

이윽고 박희재와 여진수가 뒷자리에 올랐고 1호차가 작전사로 출발했다.

✳

얼마 뒤, 작전사 주차장에 도착한 여진수는 바로 참모장에게 전화했고, 연락을 받은 참모장 최한철 소장이 주차장으로 내려왔다.

"추웅! 서엉!"

"다들 일찍 왔구만?"

"연락받자마자 바로 달려왔습니다!"

연락받자마자는 무슨.

준비할 건 다 준비해서 왔다.

특히 여진수가 보고 자료를 두툼하게 뽑아 왔는데 물어보니 혹시 모를 질문에 보고하기 위한 관련 서류들이라고 했다.

'괜히 비육사로 1차 진급한 사람이 아냐.'

이어서 최한철이 박희재에게 악수를 청하며 사회적인 미안함을 표했다.

"일과 시작도 전에 불러서 미안하네. 사령관님이 바쁘셔서 이때밖에 시간이 없으시네."

"괜찮습니다. 저희 간부들은 출근을 일찍 하는 편이라 이미 준비는 다 되어 있는 상태였습니다."

"그럼 다행이고. 그나저나 대한이도 오랜만이네, 좋은 일로 다시 보게 돼서 참 좋구나."

"예, 그렇습니다!"

다시 본 최한철은 여전히 소탈한 인상을 가지고 있었다.

이어서 최한철이 말했다.

"근데 별로 긴장한 티가 안 나네? 그래도 사령관님 뵙는 자리인데?"

그 말에 순간 대한은 멈칫했다.

뭐?

사령관?

그런 말은 없었잖아?

대한이 이게 무슨 말이냐는 표정으로 여진수와 박희재를 쳐다보자 여진수가 피식 웃으며 말했다.

"아, 말 안 해 줬나? 이거 사령관님이 직접 주시는 표창이야. 관이랑 협조해서 교육의 질을 몇 배나 끌어 올렸다는 게 많이 기특하다고. 아마 표창 수여 후에 간단하게 차 한잔하게 될 거다. 아참, 너 수첩 챙겨 왔지?"

"아, 예. 당연히 챙겨 왔습니다."

수첩은 둘째 치고 대한은 진심으로 놀랐다.

형식적인 표창일 줄 알았더니 무려 사령관이 직접 수여하는 표창이었다니.

여진수가 이어서 말했다.

"너무 놀랄 것 없다. 사령관님 바쁘셔서 행사는 다 생략하고 너 혼자 들어가서 받고 나올 거니까. 네 자력에 올리는 건 우리 쪽에서 다 할 테니 내일 확인해 보면 될 거고."

심지어 독대다.

대한은 광대가 찢어지게 올라가려는 걸 간신히 참았다.

'소위 자력에 작전사령관 표창이라니.'

이 정도면 이번 프로젝트를 주선한 보람은 충분했다.

이윽고 네 사람은 사령관 집무실에 도착했고 최한철이 집무실로 들어가 사령관에게 세 사람이 도착했음을 알렸다.

그 사이, 여진수가 장난스레 주의를 주었다.

"대한아, 들어가선 잘 해야 된다. 나나 대대장님한테 하는 것처럼 했다간 바로 소위 전역이야, 알지?"

그때, 최한철이 집무실에서 나오며 말했다.

"대대장이랑 정작과장도 들어오라고 하시네. 대대장부터 들어가게."

그 말에 여진수의 표정에 놀라움이 번졌고 대한이 조용히 말했다.

"과장님, 들어가셔서 저한테 하시는 것처럼 하시면 소령 전역……."

"이 자식이."

킬킬 웃는 여진수.

이윽고 박희재를 필두로 세 사람이 집무실로 입장했다.

대한은 그제서야 긴장이 몰려오기 시작했다.

뭔가 현실감이 와닿았기 때문이다.

"충! 성!"

경례.

그리고 보이는 제2작전사령관 대장 석문수의 얼굴.

그는 육사 출신으로서 소위 말하는 엘리트 코스란 코스는 모조리 거쳐 온 인물이었다.

거기다 대장의 자리에 오르는 동안 한 번도 진급 누락을 경험해 본 적이 없었기에 그 누구보다도 군 생활에 대한 자부심이 강한 사람이었다.

그렇기에 후배들에게 굉장히 인자한 편으로 유명했는데 그가 인자한 이유는 성격 때문이 아니었다.

놀랍게도 그는 애초에 후배들에게 기대를 안 했기 때문.

쉽게 말해 기대가 없으면 실망도 없기 때문에 인자한 편이었다.

하지만 그런 석문수조차도 오늘 만큼은 기대감이 가득했다.

그것도 일개 소위한테.

대한을 발견한 석문수의 눈에 이채가 돌기 시작했다.

'저 친구가 그 친구구만.'

위에 있으면 다양한 소식을 듣게 된다.

소문이 안 날 것 같아도 군대는 생각보다 좁고 발 없는 말이 천리를 가는 법이니까.

그런 의미에서 석문수는 대한의 업적을 대부분 알고 있었다.

컴뱃머슬 트레이닝.

외부 인성 교육 업체 섭외.

그리고 이번에 이루어진 관과의 협조를 통한 협동 교육까지.

그래서 일부러 부른 것이다.

얼마나 난 놈이길래 벌써부터 이런 사고들을 치는 건지.

이윽고 석문수가 자리에서 일어나 긴장한 채 서있는 박희재에게 다가갔다.

"반갑네, 대대장."

"중령! 박! 희! 재!"

박희재가 소위보다 더 우렁찬 목소리로 관등성명을 댄다.

그 모습에 석문수가 피식 웃었다.

"짬도 먹을 만큼 먹었는데 아직도 패기가 남아 있나? 편하게 하게."

"아닙니다!"

"허허, 내가 놀랄까 봐 그러네. 이런 식이면 내가 편히 뭘 물어볼 수 있겠나?"

"예, 알겠습니다."

그제서야 목소리를 낮추는 박희재.

그 모습에 석문수가 고개를 끄덕이며 여진수에게로 시선을 옮겼다.

"그래, 오느라 고생했네. 여긴 정작과장?"

"소령 여진수!"

"학사 1번이더구만? 부대에 훌륭한 군인들이 많아."

석문수는 대한의 자료만 확인하지 않았다.

대대 간부들의 자력도 이미 다 확인한 상태였고 그 과정에서 당연히 여진수의 것도 보았다.

물론 여진수는 이러한 상황을 예상하지 못했다.

사령관씩이나 되는 인물이 본인을 알아봐 줄 줄은 몰랐으니까.

"가, 감사합니다."

"항상 최선을 다해 주게. 군대를 굴리는 건 대위와 소령들이잖나."

"예! 최선을 다하겠습니다!"

"씩씩하네. 자, 그럼 이제 우리 김 소위."

"소위 김대한!"

"허허, 참. 내가 살다 살다 소위를 여기 부르는 날이 올 줄이야…… 소위 중에는 자네가 처음이네. 내 집무실에 온 건."

석문수와의 악수에 대한은 넘치는 긴장에도 불구하고 침착함을 유지하며 또렷이 대답했다.

"영광으로 생각하고 있습니다."

"허허, 영광까지야. 그래, 일단 다들 앉지."

이윽고 자리에 앉은 세 사람에게 석문수가 차를 권했고 세 사람 중 최상급자인 박희재가 먼저 찻잔을 들자 그 다음에야 여진수와 대한이 찻잔을 들었다.

세 사람이 차를 마신 걸 확인한 석문수가 그제서야 대한에게 말했다.

"소대원들 관리하기도 바쁜 소대장을 갑자기 오라 가라 해서 미안하네."

"아닙니다. 저희 소대원들은 저 없이도 잘해 내고 있을 것입니다."

그 말에 석문수가 재밌다는 듯 웃으며 물었다.

"그게 무슨 말이지? 소대장이 없는데 소대원들이 뭘 어떻게 한다는 거야?"

그 말에 대한이 속으로 한번 심호흡을 한 후 대답을 이어 나갔다.

"맡은 바 임무를 생각하고 충실히 하고 있다면 소대장이 따라다니면서 관리할 필요는 없다고 말씀드린 겁니다. 제 밑에 있는 소대원들은 아이들이 아니라 군인으로서 부족함 없는 인원들이기에 잠시 제가 자리 비운 것으로 문제가 생기진 않습니

다."

대충 대답할까 싶기도 했지만 그냥 질렀다.

대한의 경험상 아주 높은 사람들은 아주 낮은 사람들의 패기 넘치는 모습을 좋아했으니까.

물론 여진수는 적당히 하라고 눈으로 욕을 했지만 못 본 척했다.

그러자 아나나 다를까, 석문수가 웃음을 터뜨렸다.

"하핫! 내가 괜한 걱정을 했네. 그래, 전시에 지휘자나 지휘관이 죽을 수도 있는데 죽어서도 부하들 걱정할 순 없잖아. 자네처럼 부하들을 믿어야지. 암 그렇고말고. 대대장이 교육을 참 잘 시켰네."

"감사합니다."

박희재의 감사 인사.

다행히 좋은 분위기가 이어졌다.

이어서 석문수가 물었다.

"참 재밌는 친구네. 평소에 이런 사고방식을 갖고 있으니 이번 교육 건도 탄생한 거겠지? 그래, 한번 물어나 보자. 김 소위는 어떤 생각을 가지고 관이랑 협조해서 병사들을 교육한 건가?"

어떤 생각?

당연히 내가 하는 건 귀찮고 전문가가 있으면 전문가를 써야지.

그러나 그렇게 말할 순 없기에 최대한 포장하기 시작했다.

"저희 군에도 전문가가 있긴 하지만 실제로 현장을 뛰는 전문가들에 비하면 조금 부족할 것이라는 생각을 했습니다. 게다가 병사들에게 하는 교육이다 보니 조금이라도 질 좋은 교육을 제공하고 싶었고 그런 마음에 관에 협조를 구하게 되었습니다."

"군에 전문가가 없다라…… 하하, 아직 진짜 전문가들을 제대로 못 본 모양이구나."

석문수는 군의 수장격 되는 인물들 중 하나.

그런데 일개 소위가 군의 부족함을 논하자 일순간 눈빛이 바뀌었다.

공기가 식는다.

대한도 석문수의 눈빛을 느꼈고 그렇기에 더더욱 의견을 밀고 나갔다.

여기서 꺾이면 도리어 이미지만 실추될 것이기에.

"물론 사령관님이 데리고 계신 부하들 중에는 이번에 협조한 교육자들보다 더 뛰어난 전문가들도 있을 겁니다. 하지만 일개 대대급 부대에는 그런 인력이 없어 최선의 선택을 하게 되었습니다."

그 말에 석문수의 입꼬리가 조금 올라갔다.

분명 자신의 불편한 기색을 읽었을 텐데도 끝까지 자신의 의견을 관철하는 모습이 퍽 재밌게 느껴졌기 때문이다.

하물며 소위 따위가 말이다.

'그 누구도 내 의견에 반박하지 않는데…… 참 재밌는 녀석이야.'

그렇기에 한번 확인해 보고자 했다.

석문수가 옆에 앉은 대대장에게 물었다.

"재밌군. 대대장은 소대장 말을 어떻게 생각하나? 정말 대대에 인력이 없다고 생각하나?"

그 물음에 박희재는 한 치의 고민도 없이 바로 대한의 의견에 힘을 실어 주었다.

"김 소위의 말처럼 저 또한 제대로 된 교육을 위해서는 관과 협조를 하는 것이 좋다고 판단했습니다. 그래서 김 소위의 계획을 허락한 것입니다. 그리고 저희 대대에 부족한 간부는 없습니다. 다 대대장인 저보다 뛰어난 간부들입니다."

"대대장인 자네보다 뛰어나다고? 그럼 대대장을 다른 사람이 해야 하는 것 아닌가?"

농담이 아니라 진짜 궁금해서 물었다.

부하가 본인보다 뛰어나다는 건 군에서 언제든 본인의 자리를 빼앗길 수도 있다는 말과 같았으니까.

그렇기에 아랫사람을 믿지 않는 석문수로서는 더더욱 의문이었다.

그러나 박희재는 대수롭잖은 질문이라는 듯 가벼이 대답했다.

"전 언제든 비켜 줄 준비가 되어 있습니다. 일례로 전 여기 있는 정작과장이 제 후임 대대장이 되길 간절히 바라는 사람 중에 하나이기도 합니다. 하지만 이들이 조직에서 인정받아 제 자리까지 오기까진 아직 시간이 좀 걸리니 제 밑에 있는 동안 제대로 성장하기를 기다리고 돌봐주는 것이 지금 제가 대대장으로서 있는 이유라고 생각합니다."

"대대장이 고작 그런 것만 하는 건 좀 아깝단 생각이 들지 않나? 남자가 너무 야망이 없는 거 아닌가?"

그 말에 박희재가 멋쩍게 웃었다.

"하하, 그런 게 있었던 것 같긴 합니다. 하지만 전 제자리에서 제가 맡은 역할에 충실할 뿐입니다. 그게 어느 자리든 말입니다."

50살을 넘긴 시점에 야망을 가져서 무엇 하겠나.

석문수도 박희재의 나이를 떠올리고는 이내 고개를 끄덕였다.

그러다 이내 입가에 미소를 지으며 말했다.

"그럼 만약 대대장이 더 위에 자리에 있으면 좋은 후배들이 양성될 때까지 좋은 버팀목이 되어 줄 수 있을 수도 있겠네?"

엥?

말이 그렇게 되나?

그 말에 박희재가 겸손을 표했다.

"아닙니다. 그저 주어진 자리에 최선을 다할 뿐입니다."

"그 말이 그 말이지. 이런 대대장이 있으니 저런 소대장이 탄생하는 거 아니겠나."

석문수가 환하게 웃으며 말하자 박희재는 문득 불안감에 휩싸였다.

이 양반은 뭘 말하고 싶어서 이리 밑밥을 까는 걸까?

말하는 폼이 왠지 말년을 귀찮게 만들 것 같아 박희재가 애써 첨언했다.

"······전 지휘관일 때 능력을 가장 잘 발휘할 수 있다고 생각합니다."

"그래, 지휘관 하면 되지 않나?"

"다른 부대 지휘관으로 간다면 적응하다가 군 생활이 끝나지 않을까 싶습니다만······."

"주둔지가 같아도 적응이 필요한가?"

석문수의 말에 대한은 물론 박희재와 여진수 또한 눈이 휘둥그레졌다.

이건 또 무슨 말이야?

석문수의 말에 깜짝 놀란 박희재가 얼른 되물었다.

"주둔지가 같다니······ 그게 무슨 말이십니까?"

"알면서 뭘 묻나? 공병 단장하면 되잖아."

의문을 확인함과 동시에 석문수를 제외한 세 사람의 눈이 커졌다.

'이 양반을 진급시킨다고?'

말도 안 되는 일이라고 생각했다.

그도 그럴 게 현실적으로 박희재의 진급은 사실상 불가능에 가깝다고 생각했으니까.

그런데 작전사령관이 직접 단장직을 언급했다.

그 사이, 석문수는 세 사람의 반응을 확인했고 뒤이어 화통하게 웃으며 말했다.

"하하! 대대장이 부하들의 신임을 많이 받고 있나 보구나. 부하들이 더 좋아하는구만."

"아, 아니. 그게 무슨……."

"자네 말을 들어 보니 우리 군에 자네 같은 군인들이 필요한 것 같다는 생각이 들었네. 군에 필요한 사람이 진급을 하는 게 맞는 거 아닌가?"

틀린 말은 아니었다.

대령은 물론 장군 진급에는 군이 목표하는 방향에 따라 진급자가 결정되었으니까.

하지만 박희재는 그런 방향과는 전혀 상관없는 사람이었다.

군의 발전보다는 오히려 낭만이 가득한 사람이었으니까.

하지만 세 사람이 보는 기준과 석문수가 보는 기준은 달랐다.

석문수의 말이 이어졌다.

"참모들이야 다 능력 있는 놈들이 알아서 자리 찾아가지만 지휘관은 달라. 먼 곳 안 보고 딱 본인 자리에 최선을 다하는 사람이 해야 하는 법이지. 자네 같은 사람이 말이야."

무려 대장이 적임자라는데 누가 반박을 할까?

대대장은 물론 여단장, 사단장, 군단장까지 거쳐서 야전사령관이 된 인물인데.

박희재는 고개를 끄덕였지만 이내 조심스럽게 의견을 냈다.

"그…… 사령관님이 좋게 봐주시는 건 너무나도 감사한 일이지만 제가 짬을 좀 많이 먹어서 아마 단장하기에는 좀 곤란할 것 같습니다."

그 말에 석문수가 피식 웃으며 말했다.

"그건 내가 알아서 하는 거지 왜 자네가 걱정을 하나?"

아.

그 말에 대한은 전율했다.

석문수가 너무 멋있게 보였기 때문이다.

'저게 대장이라는 사람인가.'

진급에서 물 먹을 대로 물 먹은 사람을 알아서 진급시키겠다니.

만약 저 말이 중장 입에서 나왔다면 기대도 안 했을 것이다.

하지만 대장인 석문수가 하는 말이었기에 기대할 수밖에 없었다.

그도 그럴 게 진급은 그 누구도 쉽게 손댈 수 없다는 걸 잘알고 있었으니까.

그렇기에 마음은 굉장히 들떴지만 대한은 애써 갈무리했다.

'저 양반이 저렇게 말했지만 막상 아무 일도 없을 수도 있다.'

석문수도 그런 사항을 알기에 차로 입안을 적신 뒤 말했다.

"일단 대대장 열심히 하고 있게. 또 모르잖아?"

"예, 알겠습니다."

석문수는 박희재를 보고 씨익 웃어 준 뒤 시선을 대한에게로 옮겼다.

"그래, 내가 진짜 주인공을 데려다가 너무 다른 사람 이야기만 했군. 미안하다."

"아닙니다."

"아니긴…… 그런 의미에서 내가 김 소위를 부른 이유를 아나?"

"잘 모르겠습니다."

"기특해서 불렀네. 내 다음으로 군을 이끌 놈이 누군지 얼굴도 한번 볼 겸, 그런데 아쉬운 게 참 많아."

뭘까?

뭐가 아쉽다는 거지?

호기심은 다음 말에서 충족되었다.

"자네가 소령만 되었어도 훨훨 날아다녔을 텐데…… 솔직히 말해서 컴뱃머슬 트레이닝이며 외부 인성 교육 업체 섭외 건이며 그것들 전부가 일개 소위가 할 일은 아니잖아?"

그 말에 대한은 어떻게 대답해야 할 지 잠시 고민한 끝에 대답을 잇기 시작했다.

"항상 군 발전을 생각하며 군 생활을 하겠습니다. 그래서 소령 때는 지금보다 더 좋은 생각을 해서 군에 적용하겠습니다."

그 말에 석문수가 크게 만족한다는 듯 고개를 끄덕였다.

"크으, 그걸 내가 직접 볼 수 없다는 게 참 아쉽구나. 내 표창 하나가 얼마나 큰 도움이 될진 모르겠지만 김 소위가 하고자 하는 것에 도움이 되었으면 좋겠어."

석문수는 뒤에 놔둔 표창을 대한에게 건넸다.

대한은 서둘러 자리에서 일어나 표창을 건네받으며 말했다.

"소위 김대한! 감사합니다!"

"그래그래. 그나저나 이것만 주기엔 뭔가 좀 아쉬운데……."

진심이었다.

한 일에 비해 달랑 표창 하나는 너무 적다는 생각이 들었으니까.

석문수는 잠시 고민하던 끝에 좋은 생각이 났는지 박희재에게 말했다.

"대대장, 김 소위 평정 때 내가 추천하는 놈이라고 좀 남겨주게."

Chapter 4

그 말에 세 사람의 눈이 다시 한번 휘둥그레 커졌다.

평정이란 평정권자가 피평정자의 업무 태도나 실적에 관하여 평가를 하는 걸 말한다.

정식 명칭은 근무 평정으로 1년에 전반기와 후반기에 나눠서 2번 실시한다.

이때 업무 태도나 실적에 대해 코멘트를 남기고 전체적인 등급을 평가하는데 석문수가 말하는 건 코멘트에 대한 것이었다.

이는 엄청난 혜택이었다.

다른 사람도 아니고 '석문수 대장의 추천'이었으니까.

박희재는 크게 놀랐지만 얼른 위트를 살려 대답했다.

"그럼 '석문수 대장이 추천하는 놈'이라고 쓰면 되겠습니까?"

"하하, 그래. 딱 좋구만."

"예, 알겠습니다."

사실 평정 한 번이 진급에 크게 작용하진 않는다. 평정은 몇 년에 걸쳐 쌓이고 쌓여 그 사람을 평가하는 것이니까.

그래서 딱히 어떻게 쓰라고 정해진 것도 없었다.

중요한 건 평가를 할 수 있게 써 줘야 한다는 것.

예를 들어 '이 인원은 전술적 판단이 뛰어나 참모 조언을 잘하는 인물이다' 이런 식으로 쓰는 게 보편적이었다.

하지만 장군 평정은 특이한 편이었다.

장군들은 평정을 잘 안 써 준다.

시간 아깝다고 여기기 때문이다.

그렇기에 만약 써 준다고 한들, '센스 있음', '군에 필요한 인재'.

이런 식으로 쓰는 장군들도 있었고, 그런 연유로 이렇게 쓴 평정이 오히려 잘 먹힌다는 말도 있었다.

그도 그럴 게 이 장군이 이렇게 평가할 정도라면 진짜 잘하는 놈이라는 믿음을 가질 수 있다나 뭐라나.

그런 의미에서 석문수는 한 번도 부하들 평정을 적어 준 적이 없었다.

그래서 엄청난 혜택이라는 것.

석문수가 만족스러운 표정으로 대한에게 물었다.

"김 소위는 어떻게 생각하나?"

그 말에 대한이 얼른 대답했다.

"사령관님의 평가를 남길 수 있어서 참 좋습니다."

"이런 건 또 좋아하는구나? 참모장이 부관 제안한 건 거절했다면서."

최한철 이 양반이…….

그새 일러바쳤어?

대한이 어색하게 웃으며 답했다.

"군인은 병력들과 가까이 있어야 군인답다고 생각하고 있습니다."

"장군 옆에서 장군이 어떻게 생각하고 행동하는지 보는 것도 자네 군 생활에 도움이 될 거야. 아직 아까워하는 것 같으니까 잘 생각해 봐. 나도 마음 같아선 데려오고 싶은데 자리가 자리이다 보니 소위 자리가 없어서 아쉽다."

석문수는 말이 끝나기 무섭게 여진수를 쳐다봤고 여진수는 재빠르게 석문수의 눈을 피해 차를 홀짝였다.

소위를 못 데려왔으니 소령이라도 데려올까 싶어서였다.

하지만 여진수마저 눈을 피하니 석문수가 어이가 없다는 듯 웃었다.

"이 부대 간부들은 참 이상하네…… 좋은 자리인데 다들 이렇게 마다하나? 전부 대대장 닮아서 그런 건가?"

"하하, 제가 항상 병력들이 가장 중요하다고 강조하고 있어서 그런 것 같습니다. 다른 부대에 가면 생각이 좀 바뀌지 않겠습니까?"

"내가 군에 없을 때 이야기는 하지 말게. 아쉽지만 어쩌겠나, 다 각자의 군 생활이 있는 거지. 자, 슬슬 일어나지. 오늘 만나서 반가웠네. 다음에 기회 되면 또 봅세."

석문수는 시간을 확인하고는 서둘러 세 사람과 인사했다.

그리고 나가는 길에 일일이 악수를 하며 격려의 말도 잊지 않았다.

대한의 일행은 서둘러 주차장으로 이동했고 세 사람은 차에 타기 무섭게 묵은 숨을 돌리기 시작했다.

"아이고, 1분이 10년 같았네."

"그러게나 말입니다."

"두 분 다 고생하셨습니다."

"고생은 무슨, 네 덕분에 나도 나팔 분 거지. 그나저나 넌 긴장도 안 되냐? 어째 우리 대할 때나 대장님 대할 때나 비슷한 것 같다?"

"아닙니다. 저도 긴장 많이 됐습니다."

"그런 놈치곤 말을 엄청 잘하던데?"

"하핫, 오늘 보고 말 분 아닙니까."

"하긴 그것도 그렇지. 길어야 2년이다. 2년 동안 또 볼일 있겠냐."

"대대장님 진급하실 때 한번 뵙지 않겠습니까."

"진급은 무슨, 윗선에서 공수표 날리는 게 어디 하루 이틀인 줄 아냐."

역시.

박희재도 별로 기대하지 않는 모양.

물론 얼굴 표정을 보면 완전히 그런 것 같지도 않다만은.

'뭐, 사람 앞날 어떻게 될지 모르는 거니까.'

그래도 진급했으면 싶었다.

다른 사람도 아니고 박희재였으니까.

1호차가 빠르게 작전사를 벗어난다.

✳

그로부터 몇 주 뒤.

더웠던 날씨가 어느덧 선선해졌고 그만큼 수능도 가까워졌
다.

대한은 일과가 끝나고도 공부에 매진하는 옥지성과 최종찬
을 위해 커피를 사다주었다.

"오, 사제 커피."

"잘 마시겠습니다. 소대장님."

대한이 옥지성의 어깨를 주물러 주며 말했다.

"다음 주가 수능이니까 컨디션 관리 잘해라. 너무 부담 갖지
말고. 알지?"

"예, 알겠습니다. 근데 소대장님, 질문 하나만 해도 되겠습

니까?"

"뭔데?"

"만약 모르는 문제가 나오면 소대장님은 주로 몇 번으로 찍으셨습니까?"

"몇 번으로 찍었냐고?"

그 물음에 대한은 잠시 고민하더니 불현듯 한 가지 기억이 떠올랐다.

"잘 모르겠으면 4번으로 밀어. 그리고 혹시라도 답안지에 정답이 연속돼도 당황하지 말고 그냥 둬라. 괜히 심란해져서 번호 바꾸지 말고."

"예, 알겠습니다."

조언을 마친 대한은 두 사람의 공부를 좀 봐주다가 시간에 맞춰 퇴근했다.

오늘은 대구 가는 날.

집에는 민국이도 있었다.

엄마와 인사를 나눈 대한은 민국이 있는 방으로 들어가 기척을 알렸다.

"워이."

"아잇, 깜짝이야! 뭐야, 언제 왔어?"

"노크도 하고 들어왔단다. 그보다 집중력이 얼마나 좋으면 사람 들어온 줄도 몰라?"

최상위권 학생들은 다 이런가?

새삼스럽지만 동생이 참 대단하다고 느껴졌다.

그 말에 민국이 웃으며 말했다.

"평소에도 그런 건 아니고…… 마침 재밌는 문제를 찾아서 그거 본다고 정신이 없었거든."

"문제가 재밌다고?"

"응, 못 푸는 문제 풀면 재밌잖아."

"……너도 심심하면 수학 문제 풀고 그러냐?"

"책 마음 놓고 살 수 있을 때부터는?"

노력하는 자는 즐기는 자를 못 따라간다고 했던가.

대한은 어이가 없음에 고개를 저었지만 해 줄 말은 해 줘야 겠다 싶어서 입을 열었다.

"야."

"왜?"

"수능 때 말이야…… 혹시라도 마킹하다 같은 답안이 연속으로 나오면 넌 어떻게 하냐?"

"그래도 나를 믿겠지? 왜?"

"아니다. 그 마음 절대 변치 말아라."

"왜 그러는데?"

"그런 게 있어, 인마. 아무튼 절대로 바꾸지 마."

대한은 똑똑히 기억했다.

연속된 답안에 불안해진 동생이 막판에 정답 몇 개를 바꿔 2 문제나 틀렸던 사건을.

'이 정도만 말해 줘도 알아듣겠지.'

괜히 동생의 인생에 참견할 생각은 없었다.

그건 자기 힘이 아니었으니까.

그래도 형 된 도리로써 경고 정도는 줄 수 있다고 생각했다. 겸사로 부대원들에게도 조언을 해 준 거고.

해 주고 싶은 말을 마친 대한은 안심하고 민국의 방을 나왔고 그날 밤, 대한의 가족은 집에서 민국이의 수능 전야제를 보냈다.

수능을 이틀 앞둔 날.

대한은 행사 준비에 여념이 없었다.

오늘이 바로 박태현의 전역 날이자 임관 날이었기 때문이다.

강당을 점검한 대한은 간부 연구실로 돌아와 정복을 입고 있는 박태현에게 말했다.

"정복 잘 어울리네. 역시 넌 간부가 될 관상이었어."

"말이라도 그리 해 주시니 기분이 좀 나은 것 같습니다."

"왜, 동기들 다 전역하는데 아직도 군에 남아 있으니 아쉽냐?"

"솔직히 아니라고는 말 못 하겠습니다."

"걱정 마라, 고생 끝에 낙이 온다고. 반드시 좋은 일 있을 거

다."

내가 그렇게 해 줄 거니까.

그도 그럴 게 6개월도 아니고 1년 6개월로 기간이 늘어났다.

그런데도 안 챙겨 주면 그건 너무 한 거지.

복도로 나온 대한은 바로 박태현 어머니에게 전화를 걸었다.

"어머님, 태현이 소대장입니다. 어디쯤이십니까?"

─한 5분 뒤에 도착할 것 같아요.

"알겠습니다. 지금 위병소로 나가 있겠습니다."

박태현을 전문하사로 만드는 과정에서 가장 힘들었던 건 박태현의 부모님을 설득하는 일이었다.

박태현의 아버지가 목사였으니까.

하지만 결국엔 설득하는데 성공했다.

박태현이 소대원들과 간부들에게 얼마나 인정받고 있는지에 대해 말씀드렸기 때문이다.

'교회도 꼬박꼬박 보내 주겠다고 약속했고.'

잠시 후, 차량 하나가 위병소로 다가왔다.

대한의 지시에 문이 열렸고 박태현의 부모님인 걸 알았기에 출입 절차는 생략했다.

대한이 차량으로 다가가 먼저 살갑게 인사했다.

"처음 뵙겠습니다. 태현이 데리고 있는 김대한 소위라고 합니다."

"여태 목소리만 듣고 처음 뵙네요. 실물로 보니 미남이시네. 호호."

어머니는 대한을 보고 반갑게 인사를 했다.

그 모습에 운전하던 아버지가 말했다.

"태현이는 어디 있습니까? 이놈 자식, 휴가 때 집에도 안 들어오고 얼굴 까먹겠습니다."

"아, 집에서 못 보셨습니까?"

"친구들이랑 여행 간다고 시간 되면 들른다더니 결국 안 들렀습니다."

이 자식이.

말출 때 집에는 꼭 들르라고 했건만 기어이 안 들어 가?

임관 전 마지막으로 즐긴다고 엄청난 각오를 할 때부터 알아봤어야 했다.

간부 연구실에서 속상해하던 모습이 괘씸해졌지만 부모가 보는 앞에서 박태현을 욕할 순 없었다.

대한은 웃으며 미리 준비해 온 꽃다발을 내밀었다.

그것을 본 어머니가 품에 안은 꽃다발을 보이며 말했다.

"태현이 거는 저희도 사 왔습니다."

"이거 태현이 주려고 가져온 거 아닙니다. 아버지랑 어머니께 제가 드리는 겁니다."

"예? 저희요?"

"부대 방문 기념 겸 멋진 아들을 제 밑에 둘 수 있게 해 주셔서 감사하다는 의미로 드리는 겁니다."

그 말에 두 사람은 잠시 침묵하더니 깊게 미소 지으며 말했다.

"참 의미 있는 꽃다발이네요."

그 미소엔 여러 가지 감정들이 교차해 있었다.

대한이 말했다.

"아이고 벌써 눈물 보이시면 안 됩니다, 어머님. 이따가 아들 임관하실 때 우시는 게 더 낫지 않을까요?"

"그게 아니라 꽃을 너무 오랜만에 받아 봐서…… 여보, 이게 얼마만이지?"

"크흠."

헛기침 하는 박태현의 아버지.

난 또 뭣 때매 그런 표정 지으시나 했네…….

대한은 분위기 상쇄를 위해 얼른 말을 건넸다.

"흠흠, 혹시 두 분만 괜찮으시면 저도 뒷자리에 탑승 좀 해도 되겠습니까? 저랑 같이 가셔서 막사에 주차하시고 부대 구경 하시다가 강당으로 이동하시죠."

"아, 예. 그러시죠."

박태현의 아버지가 다급히 대한을 태워 차량을 출발시킨다. 이 분위기를 얼른 넘겨야 했기 때문이다.

얼마 뒤, 대한은 두 사람을 박희재에게 인사시켰고 두 사람은 그제서야 자신의 아들이 군에 몸담게 되었다는 사실을 실감

했다.

"우리 태현이는 어디 있습니까?"

"강당에서 아버지랑 어머니 오시길 기다리고 있습니다."

"아들 얼굴 보고 싶네요."

"바로 이동하시죠."

박희재를 비롯한 주요직위자들이 박희재의 부모와 함께 강당으로 이동했다.

그들이 강당에 들어서자 고종민이 사회를 시작했다.

박태현은 정복 차림으로 늠름하게 단상에서 대기 중이었고 밑으로 중대원들이 절도 있게 서 있는 모습에 박태현의 부모는 울컥한 듯 말을 잇지 못했다.

대한은 그런 두 사람을 이끌고 단상에 마련된 내빈석으로 안내했고 곧바로 임관식이 진행되었다.

얼마 뒤, 박희재가 박태현의 정복에 하사 계급장을 달아 준 순간.

"하사 박태현! 열심히 하겠습니다!"

박태현의 우렁찬 목소리가 강당을 가득 메웠다.

박희재는 박태현과 악수를 한 뒤 쓰고 있던 정모를 고쳐 주었다.

"잘 부탁한다."

"예, 알겠습니다!"

박희재가 한발 물러서자 고종민이 말했다.

"이어서 사진 촬영이 있겠습니다. 부모님께서는 박태현 하사 옆으로 이동하시면 되겠습니다."

두 사람은 박태현에게 다가가기 무섭게 박태현을 꼭 안아 주었다.

그 모습에 대한이 카메라를 들고 있는 안유빈에게 말했다.

"선배님, 지금입니다."

찰칵. 찰칵.

이번에는 대한이 먼저 안유빈을 데리고 왔다. 안유빈의 촬영 실력은 부대 제일이었으니까.

사연을 들은 안유빈은 직접 개인 카메라까지 들고 왔다.

포옹이 끝난 뒤, 박태현의 아버지가 부동자세를 유지하고 있는 박태현에게 말했다.

"아들 얼굴 보기가 이렇게 힘드냐?"

"멋진 모습 보여 드리고 싶었습니다. 이제 자주 얼굴 뵈러 가겠습니다."

"……자식. 멋지다, 내 아들."

박태현 병장이 박태현 하사로 거듭나는 순간이었다.

✵

"축하해, 박 하사."

"하하, 감사합니다. 소대장님."

임관식이 끝나고 휴가 출발 전, 박태현은 대한에게 따로 인사를 하기 위해 간부 연구실로 왔다.

임관식에서 봤던 늠름한 모습은 임관식이 끝남과 동시에 사라지고 평소의 박태현으로 돌아와 있었다.

대한이 말했다.

"근데 너 말출 때 집에 안 갔다며?"

"엇, 그건 어떻게 아셨습니까?"

"아버지가 말씀하시던데?"

"아…… 일부러 안 갔습니다. 그래야 오늘 봤을 때 좀 더 극적으로 보일 거 아닙니까."

"자식이 친구들이랑 놀러 간 거면서 핑계는. 됐고, 이제 주말마다 집에 갈 수 있으니까 자주 얼굴 보여 드려. 군 생활 동안 자주 못 봤잖아."

전문하사 기간 동안은 당직근무를 서지 않는다.

애초에 부대에도 정상적인 하사 TO로 잡히지 않아 간부지만 간부가 아닌 애매한 위치였으니까.

그렇기에 이때 가족들과 최대한 시간을 보내는 게 좋다.

'넌 내가 계속 부사관으로 말뚝 박게 할 거니까.'

그러나 박태현은 대한의 생각을 아는지 모르는지 고개를 저었다.

"에이, 자주 보면 애틋함이 없지 않습니까. 한 달에 한 번씩 가겠습니다."

"그래 너 알아서 해라. 그보다 얼른 출발해. 부모님 기다리시겠다."

"하하, 넵! 그럼 가 보겠습니다. 충성!"

이윽고 박태현이 가족과 함께 떠나자 대한도 대대장실로 이동했다.

대한을 본 박희재가 물었다.

"박 하사는 휴가 갔나?"

"예, 방금 배웅하고 오는 길입니다."

"소대원이 간부가 되니까 느낌이 어때? 이거 다 네가 만든 거잖아."

느낌이라.

절로 미소가 지어지는 하루이긴 했다.

그도 그럴 게 정든 전우가 집에 갈 줄 알았는데 1년 6개월이나 더 남아 있게 되었으니까.

'차량 선탑이 가능한 말 잘 듣는 부하가 생긴 날이기도 하지.'

하지만 이따위 소감을 기대하진 않을 터.

대한은 처음 전문하사를 만들었을 때를 떠올렸다.

"밑에 간부가 생기니까 더 잘해야겠다는 생각이 들었습니다."

"하하, 대위 달고 느껴 볼 감정을 미리 느끼는구나. 그래, 원래도 잘하고 있지만 이젠 더 잘해야 해. 아무리 네 밑에 있던 병사였다지만 이젠 부사관이잖아. 부사관들 소문 빠른 거 알지?"

장교와 부사관은 친한 듯하면서도 안 친하다.

　부사관은 한 부대에 오래 있는 반면 장교는 일 년이 멀다 하고 부대를 옮겨 다니니까. 그렇기에 부사관들 입장에서 장교는 그저 거쳐 가는 사람들 중 하나일 뿐.

　그런 의미에서 박희재가 걱정하는 건 이제 부사관도 됐으니 대우를 확실히 하라는 것이었다.

　소속이 부사관이 됐다 보니 혹시라도 친하다고 막 대하다 다른 부사관들이 아니꼽게 보면 그땐 대대장도 나서기에 좀 힘들었으니까.

　'계급상으론 부사관이 더 낮지만 부사관들이 짬 부리면 엄청나긴 하지.'

　박희재의 걱정에 대한이 씩 웃으며 말했다.

　"예, 조심하겠습니다."

　"그래, 내가 딴 사람은 몰라도 너는 믿지. 그나저나 어쩐 일이냐, 뭐 보고할 거 있어?"

　"아닙니다. 보고할 건 없고 박 하사에게 휴가 주신 거 감사하다고 말씀드리러 왔습니다."

　갓 전문하사를 단 박태현에게 휴가가 어디 있었겠나.

　병사 때 받았던 휴가를 쓰는 것도 아니고.

　이는 박희재가 박태현을 위해 따로 부여한 것.

　박태현이라고 특별 대우를 해 준 건 아니었다.

　만약 전문하사가 또 나온다면 박희재는 박태현 때처럼 똑같이 휴가를 줄 예정이었다.

'낭만 넘치는 양반이라니까.'

그 말에 박희재가 씩 웃었다.

"전부 다 내 새끼들인데 그 정도는 당연히 해 줄 수 있지. 너도 대대장 달고 이렇게 해 줄 거 아니냐?"

대대장이라, 내가 거기까지 갈 수 있을까?

하지만 박희재는 확신했다.

대한이 최소 중령까지는 갈 수 있을 것이란 걸.

그리고 대한은 박희재의 그런 말이 별로 부담스럽지가 않았다.

"예, 배운 대로 해야 하지 않겠습니까. 대대장님 밑에서 군생활을 시작해서 참 다행입니다."

"자식, 또 내 얼굴에 금칠하기 시작했네. 얼른 가 봐."

"하하, 좋은 하루 되십쇼! 충성!"

박희재에게 한 말.

절대 빈말이 아니었다.

요즘의 대한은 자신이 그토록 꿈꾸던 군 생활을 하고 있었으니까.

※

날이 추워지다 못해 한파가 시작됐다.

그건 수능 당일에도 마찬가지였다.

대한은 기상나팔 소리를 듣고 잠에서 깨어났다.

그렇게 눈 뜬 곳은 다름 아닌 막사.

자신이 지내는 숙소에는 최종찬과 옥지성을 재웠다.

혹시 모를 사태를 대비해 박희재에게 직접 승인받아 본인의 숙소에 두 사람을 재운 것이다.

'셋이 자면 좋았겠지만 그러기엔 너무 좁으니까.'

대한은 얼른 일어나 두 사람을 깨워 채비를 시켰다.

"다 챙겼나?"

"수험표랑 신분증, 마킹펜만 있으면 되는 거 아닙니까? 아, 필기노트도 챙겼습니다."

"그래도 다시 한번 확인해 봐라. 매년 그거 못 챙겨서 못 들어가는 애들 꼭 한두 명 있더라."

"에이, 저희는 그런 등신들이 아닙니다."

준비는 완벽했다. 시험 보는 학교도 근처로 배정받았고 이제 밥만 먹고 출발하면 된다.

병영식당으로 두 사람을 데려가자 소식을 접한 전찬영이 두 사람을 위한 특별식을 내놓았다.

오리 불고기와 카레였다.

그것을 본 옥지성의 눈이 커졌다.

"오늘 아침 오리 불고기야?!"

"따로 한번 준비해 봤습니다. 옥 상병님 오리 불고기 좋아하시지 않습니까."

"크, 찬영아……."

"종찬이는 카레 좋아하지? 저번에 보니까 유일하게 2번 퍼먹던데 많이 먹어. 저번에 대회에서 우승한 방식으로 만든 거야."

"감사합니다. 잘 먹겠습니다."

그뿐만이 아니었다.

전찬영은 두 사람을 위한 수능 도시락도 준비했는데 전찬영의 센스에 대한이 엄지를 치켜들었다.

"나중에 먹고 싶은 거 있음 말해라. 피엑스 무제한으로 사 줄게."

"아닙니다. 같은 중대원인데 이 정도쯤이야 해 드릴 수 있습니다."

"우리 찬영이는 말도 참 이쁘게 해. 이따 저녁에 애들 수능 치고 오면 뭐라도 시켜 먹자. 뭐 먹고 싶은 거 있나?"

"그럼 치킨 먹어도 되겠습니까?"

"치킨? 맨날 기름 앞에 있어서 싫어할 줄 알았더니?"

"그런 거 말고 제대로 된 싸제 다리를 뜯고 싶습니다. 이번에 신메뉴 나온 것도 있다는데 그것도 참 궁금합니다."

"그거 뭐 어렵다고. 오케이 접수."

수능 끝난 기념으로 회식이라도 하려고 했는데 잘됐다.

대한은 도시락을 챙긴 뒤 두 사람이 배정받은 학교로 이동했다.

두 사람을 학교 앞에 내려 준 대한이 말했다.

"첫 시험이니까 부담 갖지 말고 실력만큼만 쳐라. 아, 그리고 끝나면 휴대폰 바로 키고. 알겠지?"

"예! 알겠습니다. 조심히 가십쇼. 충! 성!"

"밖에서 왜 이래? 얼른 들어가라."

"예, 알겠습니다!"

학교 안으로 들어가는 두 사람.

대한은 부대로 복귀하기 전에 바로 민국이에게 전화를 걸었다.

"준비 다 됐냐?"

─더 할 건 없을 것 같아. 오늘 형 밑에 소대원들도 시험 친다며?

"방금 데려다 주고 전화했지. 근데 너 내가 전에 한 말 기억하냐?"

─같은 답 나오더라도 바꾸지 말고 날 믿으라고? 기억해.

"역시 수재는 다르네. 그럼 잘 쳐라. 끝나면 연락하고."

─형도 고생해.

이제 주사위는 던져졌다.

남은 건 기도뿐.

대한은 신을 믿지 않았지만 이번만큼은 가볍게 기도드린 후 부대로 복귀했다.

✹

그날 오후.

수능이 끝난 학교 앞은 빠져나오는 학생들로 인해 차량 접근
이 불가능했다.

대한은 휴대폰을 꺼내 옥지성에게 전화했다.

"나왔냐?"

–나가는 중입니다. 어디 계십니까?

"아까 정문으로 들어가기 전 골목 기억하지? 딱 거기. 어어,
보인다."

대한은 두 사람이 잘 찾을 수 있도록 크락션을 울려 주었고
얼마 뒤 대한을 발견한 두 사람이 홀가분한 표정으로 차에 올
랐다.

대한이 피식 웃으며 물었다.

"둘 다 어땠어. 소감 한번 말해 봐."

그러자 옥지성이 씨익 웃으며 말했다.

"할 만했습니다."

"진짜?"

"예, 별거 없었습니다. 전 못 푼 문제없었고 시간도 남았습니
다."

"이야, 나도 못 한 걸 네가 해내네."

"제가 또 한다면 하는 사나이 아닙니까."

"일단 채점 전까지는 믿어 준다. 종찬이는?"

자신감 넘치는 옥지성과는 달리 최종찬은 한숨을 푹 내쉬며 말했다.

"아쉽습니다."

"왜, 문제가 어려웠어?"

"아닙니다. 문제가 어려웠던 건 아닌데…… 좀 더 일찍 준비할 걸 하는 후회가 밀려 왔습니다. 공부를 조금만 더 일찍 했으면 한 두 문제는 더 맞췄을 텐데……."

"그만큼 네가 열심히 준비했다는 거지. 아직 1년 남았잖아. 뭘 그리 아쉬워 해?"

"그것도 그렇습니다."

세 사람은 전찬영이 먹고 싶다는 치킨까지 한 아름 포장한 뒤 부대로 향했다.

병영식당으로 가기 전 대한이 말했다.

"답 적은 거랑 치킨 챙겨서 내려. 가답안 나왔을 테니 식당에 가서 한번 채점해 보자."

"긴장 됩니다."

"내가 더 긴장된다."

대한도 몹시 긴장됐다.

민국이까지 포함해 밑에 수능 치는 인원만 셋이다 보니 긴장도 3배로 됐기 때문이다.

이윽고 식당에 도착한 세 사람은 전찬영의 합류와 동시에 가채점을 시작했다.

그러던 중 옥지성이 최종찬의 답안지와 비교하며 물었다.

"너 왜 나랑 답이 다르냐?"

"그러게나 말입니다."

그것을 본 대한이 물었다.

"어라, 연속된 답안도 없었냐?"

"예, 없었습니다."

"딱히 못 본 것 같습니다."

뭐야?

뭐가 어떻게 된 거야?

설마 미래가 바뀌었나?

눈을 좁히던 대한이 혹시나 하는 생각에 얼른 민국이에게 전화를 걸었다.

"시험 잘 쳤냐?"

─안 그래도 형한테 연락하려 했는데 바로 오네. 나 방금 집 왔고 실수한 건 없었던 것 같아. 근데 오늘 시험 보는데 신기한 일이 있었다?

"신기한 일?"

─형이 정답이 연속돼도 날 믿으라고 했잖아. 근데 문제가 8개나 정답이 똑같지 뭐야. 그래서 고민 진짜 많이 했는데 형 말 듣고 그냥 줄 세웠잖아.

그 말을 들은 대한은 안도했다.

과거와 똑같다.

변한 건 없었다.

그렇기에 대한이 안도의 한숨을 내쉬며 말했다.

"그래, 인마. 내가 그렇지? 좋은 결과 있을 거라고. 고생했어. 내가 카드 준 걸로 먹고 놀아라, 이제."

ㅡ먹고 놀긴, 논술 준비해야지.

"아, 그런 것도 하냐?"

ㅡ물론 쉬기도 좀 쉴 거야. 아무튼 땡큐.

"그래, 이따 채점하고 알려 줘라."

통화를 마친 대한이 답안 비교에 여념 없는 옥지성과 최종찬을 보며 말했다.

"채점 다 했냐? 다 했으면 가서 재우 좀 불러 와라. 선생님도 같이 고생했는데 같이 먹어야지."

"예, 알겠습다!"

그 말에 최종찬이 얼른 튀어 가서 황재우를 불러왔다.

대한을 본 황재우가 바로 경례를 올렸다.

"충성! 죄송합니다. 동계 물자 준비하는 것 때문에 바빠 가지고 좀 늦었습니다."

"요즘 보면 나보다 바쁜 것 같아?"

"하하, 겨울 들어가기 전이라 행정반에 할 일이 좀 많은 것 같습니다. 그보다 웬 치킨입니까?"

"업무하랴 공부 봐주랴 고생 많았다. 가채점도 끝났으니까 치킨 먹으면서 구경해."

"와!"

황재우 때문에 일부러 많이 사왔다.

이윽고 치킨 회식이 시작됐고 두 사람의 결과에 대한 이야기
가 시작됐다.

"그래서 지성이가 45개, 종찬이가 22개 틀린 것 같다고?"

"예, 그렇습니다."

두 사람의 가채점 결과에 대한은 혀를 내둘렀다.

분명 짧은 준비 기간이었을 텐데 이 정도의 성적을 낼 줄은
꿈에도 몰랐기 때문이다.

그러다 문득 동생 생각이 났다.

"먹고 있어라, 통화 좀 하고 올 테니까."

"예, 알겠슴다."

다른 사람도 아니고 동생이었다.

그렇기에 결과가 제일 궁금했다.

대한이 전화를 걸자 민국은 바로 받았다.

"가채점 결과 나왔냐?"

ㅡ나왔는데 일단 3개 정도?

"뭐가 3개야?"

ㅡ틀린 거 전부 합한 거 말이야.

"……뭐?"

ㅡ보니까 논술 준비 안 해도 될 것 같더라. 형, 근데 나 진짜

서울 가도 돼?

동생의 담담한 물음에 대한은 온몸에 소름이 돋았다.

그리고 소리 없이 포효를 내지른 후 점잖게 대답했다.

"당연히 되지, 자식아. 갈 수만 있다면 무조건 가라. 지원은 내가 다 해 줄 테니까."

—큭큭, 형이라면 그리 말할 줄 알았다. 아, 이제 좀 쉬겠네. 아직 엄마는 모르시니까 엄마한테 말해 주고 올게.

"어, 그래. 나한테 다시 연락하지 말고 엄마랑 같이 시간 보내. 주말에 비싼 거 먹으러 가자."

—형.

"왜?"

—고마워.

"자식이…… 됐어, 인마. 주말에 보자."

통화를 마친 대한이 다시 한번 주먹을 꽉 쥐었다.

마치 자식 하나를 장성시킨 기분이 들었기 때문이다.

✖

시간은 빠르게 흘렀다.

그사이 대한의 부대에선 굴착기운전 기능사 필기시험이 치러졌고 필기 합격자를 대상으로 집체교육을 실시하고 실기 시험도 본 상태였다.

이번 굴착기 시험은 그 어느 때보다 합격자가 많이 나왔다.

'실기가 어려운 게 아니라 필기가 어려운데 이번엔 다들 열심히 해서 필기에 거의 다 합격했지.'

그래서 문제가 하나 있다면 실기 인원이 너무 많아졌다는 것.

집체교육을 받는 인원이 좀 적어야 개인마다 연습할 수 있는 시간이 늘어나는데 이렇게 되니 하루에 한 번 연습하기도 힘들었다.

그래서 대한은 병사들의 합격을 위해 첫날 딱 10분만 실기 연습을 해보고 다시 연습을 하지 않았다.

어차피 굴착기 시험에서 중요한 건 감점이 아니라 실격이었으니까.

대한이 행정반에 가서 황재우에게 물었다.

"형, 합격했냐?"

"예, 당연히 붙으셨습니다."

역시는 역시다.

혹여 떨어지면 어떡하나 싶었는데 더 이상 박희재의 눈치를 볼 필요가 없어졌다.

그때 대한의 휴대폰이 울렸다.

호랑이도 제 말 하면 온다더니 박희재로부터 온 전화였다.

"충성!"

─어, 대한아. 중대장 데리고 지휘통제실로 좀 와라.

뭐지?

그냥 중대장실에 전화하면 되는 거 아닌가?

그래도 일단 명령이 떨어졌으니 대한은 얼른 중대장실로 향했다.

그런데 노크를 해도 대꾸가 안 돌아온다.

사람이 없나?

문을 열어 보니 이영훈이 기사 문제집에 집중하고 있었다.

그 모습에 대한이 손을 흔들어 인기척을 냈다.

"억, 뭐야? 노크 안 해?"

"했는데 못 들으셨던 것 같습니다."

"아, 미안하다. 이어플러그 끼고 있었거든. 뭔데?"

"대대장님이 지통실로 오시랍니다. 근데 시험 이미 떨어지신 거 아닙니까?"

준비할 시간이 얼마 없었던 이영훈은 결국 필기에서 아쉽지도 않을 만큼의 점수로 불합격을 하고 말았다.

그래서 소 잃고 외양간 고친다고, 뒤늦게 다시 공부에 열을 올리고 있는 중이었다.

그래야 다음번엔 꼭 붙겠다고 박희재에게 말할 수 있었으니까.

대한의 말에 이영훈이 미간을 좁혔다.

"대대장님이? 연락 온 게 없는…… 아, 미친."

그럼 그렇지.

왜 중대장실에 전화 안 하고 나한테 전화하나 했네.

이영훈은 휴대폰에 찍힌 박희재의 부재중을 보고 혈색이 파리해졌고 그것을 본 대한이 고개를 저었다.

"그냥 속 편하게 화장실에 계셨다고 하십쇼."

"……그래야겠다. 하, 아침부터 시작이 좋지 않네."

대한과 이영훈은 서둘러 지휘통제실로 내려갔다.

지휘통제실은 1중대를 제외한 모든 중대가 모여 있었고 다행히 박희재는 두 사람이 늦는 걸 크게 신경 쓰지 않았다.

"다 모였으니까 빠르게 시작하지. 내가 소집한 건 다름이 아니라 곧 있을 부대 개방 행사 회의를 하기 위해서야. 원래는 그냥 부모님들 초대해서 간단히 부대 구경이나 시킬까 했는데 그건 너무 대충하는 것 같잖아. 안 그래?"

"예, 그렇습니다!"

"그러면 의견 하나씩 내봐. 우선 1중대부터."

아, 하필이면 1중대네.

이영훈은 아직 숨도 못 골랐는데 바로 질문을 받았다.

"스읍, 어…….."

"다들 생각나는 대로 그냥 뱉어 봐. 어차피 내가 들어 보고 이상한 건 알아서 거를 테니까. 2중대도 생각 필요한가?"

"예, 잠시 고민 좀 하고 답변드리겠습니다."

정우진도 마찬가지로 떠오르는 게 없었다.

그도 그럴 게 애초에 부대 개방 행사는 인사에서 담당하는 것이라 아무도 신경 쓰지 않는 게 보통이었으니까.

게다가 인사에서 뭘 한다고 해도 기껏해야 부대 소개 영상을 틀어 주는 게 전부일 터.

'인사과장이 영 못 미더운 모양이네.'

그게 아니면 이렇게 긴급 소집을 할 이유가 없을 테니까.

아니나 다를까, 고종민은 죄인이라도 된 것처럼 구석에서 수첩에 눈을 고정한 채 받아 적을 준비를 하고 있었다.

근데 저게 정상이긴 했다.

이제 2년 차인 중위가 잘해 봤자 얼마나 잘하겠는가.

'이런 큰 행사는 부담스러울 수밖에 없지.'

대한은 주변 분위기를 한번 살핀 뒤 확신했다.

아무도 대답할 생각이 없다는 걸.

대한은 이 침묵이 싫었다.

회의가 길어질 테니까.

그래서 모두를 위해 총대를 메기로 했다.

이렇게 회의가 길어지는 건 사양이었으니까.

대한이 말했다.

"1중대 말씀드리겠습니다."

"어, 대한이. 뭐 생각난 거 있냐?"

박희재는 기다렸다는 듯 대한에게 시선을 돌렸고 대한은 박희재가 제일 마음에 들어 할 만한 것을 제시했다.

"행사 일정을 토요일 오전으로 잡고 부모님이 오시는 인원들을 대상으로 외박을 주시는 게 어떻겠습니까?"

"흐음, 외박이라. 왜지?"

거 참 알면서도 묻네.

하지만 이건 박희재의 화술 스킬이었다.

대한이 이유를 직접 말하게 함으로써 모두에게 잘 들으라는.

대한이 대답했다.

"그렇게 된다면 부대 개방 행사가 오후까지 이어질 일도 없을 테고 오히려 부모님들이 뭘 보려고 하시는 게 아니라 병력들을 데리고 먼저 나가려고 하지 않겠습니까?"

그 말에 모두들 고개를 끄덕였다.

어차피 박희재가 행사에서 줄 수 있는 제일 큰 선물도 휴가아니면 외박이었다.

그러니 그걸 적극 활용하자는 것.

그래야 간부들한테도 좋은 일일 테니까.

'부대에 어쩔 수 없이 출근해야 하는 입장에서 부모님들이 빨리 가는 것만큼 좋은 일도 없지.'

그도 그럴 게 부대에 부모님들이 계시는 동안 퇴근은 꿈도못 꿀 테니.

박희재가 고개를 끄덕이며 말했다.

"좋은 의견이야. 외박 준다고 하면 부모님들이 굳이 음식을싸 가지고 오시지도 않겠지."

"맞습니다. 나가서 사 먹이는 게 편하지 않겠습니까. 부모님들도 배려받았다고 생각하실 겁니다. 피엑스에 물건만 꽉 채워 놓고 오전 동안 자유 시간을 부여하는 쪽으로 가면 좋을 것 같습니다."

정말 개방에만 의미를 두는 것이다.

대한은 여기서 마무리되기를 바랐다.

'여기서 오케이 하면 진짜 아무것도 안 해도 된다.'

대한을 비롯한 다른 간부들도 대한과 같은 마음이었다.

하지만 박희재의 생각은 조금 달랐다.

"좋네. 좋은데 그럼 우리 부대가 너무 준비 안 하는 것 같지 않나? 그래도 1년에 한 번뿐인 행사인데?"

하 씨.

이럴 줄 알았다.

하지만 입장이 이해되긴 했다.

이렇게 되면 대대장이 부모님들과 인사를 나누기엔 자리가 좀 애매했으니까.

그렇기에 이 정도는 예상 범위였다.

대한이 얼른 뒷말을 덧붙였다.

"그럼 부모님이 오시는 인원들을 조사해서 장기 자랑을 준비시키는 것은 어떻겠습니까?"

"장기 자랑? 계속 이야기해 봐."

"예, 부모님들 중에 자식들 재롱 잔치 싫어하는 부모는 없을 것 같습니다. 그렇게 하면 사담 나눌 수 있는 자리도 자연스럽게 형성되고 좋을 것 같습니다."

이번 행사에서 장기 자랑은 대회가 아니다.

그저 재롱 잔치일 뿐이지.

대한의 말에 박희재가 고개를 끄덕였다.

"좋은 의견이네. 하지만 퀄리티는? 너무 못 해도 그렇잖아."

"저번에 장기 자랑을 보니 딱히 걱정은 안 될 것 같습니다만…… 그럼 부모님 안 오시는 병사들한테도 기회를 부여하고 우승 상품으로 휴가라도 거시면 퀄리티는 알아서 만들어질 것 같습니다."

"그거 괜찮네. 간부들은 어떻게 생각하나? 괜찮나?"

"예, 그렇습니다!"

여기서 반대하는 미친놈이 어디 있을까. 그들은 그냥 넘어갈 수 있는 기회를 절대로 놓칠 리가 없었다.

반대하는 간부들이 없자 박희재가 흡족한 듯 대한에게 말했다.

"방금 말한 거 인사과장한테 상세하게 설명 좀 부탁한다."

"예, 알겠습니다!"

회의가 마무리됨에 따라 대한은 안도했다.

다행히 이번에는 자신을 시키지 않으니까.

그때, 대한은 중요한 사실 하나를 놓친 걸 기억해 내고 일어나려는 박희재를 얼른 불러 세웠다.

"아, 대대장님. 제가 하나 깜빡하고 말씀 못 드린 게 있습니

다."

"뭔데?"

"부모님이 안 오시는 병사들한테도 외박을 부여하는 게 어떻겠습니까?"

그 말에 박희재가 고개를 기울였다.

"굳이?"

"부모님이 바빠서 못 오시는 것일 수도 있는데 부모님 오신 병사들만 외박을 나가면 상대적으로 박탈감을 느끼지 않겠습니까. 대신 부모님이 못 온 병사들은 그날 나가는 게 아니라 다른 주에 출타율을 고려해 순차적으로 나가야 된다고 설명하면 좋을 것 같습니다."

그 말에 박희재가 진실의 미간을 좁히며 감탄했다.

"크…… 우리 부대에 인사과장이 하나 더 있었군. 좋다. 지금까지 말한 것 모두 승인하겠다."

혹시나 해서 언급한 건데 쿨하게 동의해 주다니.

박희재는 방금 200명도 넘는 대대원들 모두에게 외박을 뿌린 것이나 마찬가지였다.

'이번에 시험 떨어진 애들을 어떻게 달래나 싶었는데 다행이다.'

이윽고 박희재가 돌아갔으나 회의는 아직 끝나지 않았다.

여진수가 바통을 이어받았기 때문이다.

"각 중대장들 대한이가 말한 거 잘 들었지?"

"예!"

"오전 내로 부모님 오는 인원들 파악하고 장기 자랑 참여 희망자 종합해서 오후 일과 시작 전까지 보고해."

"예, 알겠습니다."

불만은 없었다.

어차피 해야 될 일이었고 이번 회의에서 아이디어를 안 낸 것만 해도 감지덕지였으니까.

여진수 차례가 끝나자 비로소 회의가 끝났다.

모두가 자리에서 엉덩이를 뗄 때쯤 여진수가 조용히 대한을 불렀다.

"대한이는 잠깐 나 좀 보고."

"예, 알겠습니다."

그래.

이번엔 왜 또 안 부르나 했다.

대한이 익숙한 폼으로 정작과를 따라가자 여진수가 본인의 컴퓨터로 공문 하나를 보여 주며 말했다.

"대한아, 이거 좀 봐라."

"이게 뭡니까?"

대한이 공문을 살피려던 그때, 얼핏 자신의 이름을 발견했다.

"참석자 소위 김대한? 이거 혹시 접니까?"

"그래, 너 참석하라고 공문 날아왔다."

엥?

어디서?

놀란 대한은 얼른 공문을 읽기 시작했고 공문을 읽으면 읽을수록 얼굴에는 점점 더 놀라움이 번졌다.

"국방부 장병 정신 전력, 문화예술, 인성 교육 우수부대 및 발전 유공자 시상식? 이거 엄청 큰 거 아닙니까?"

"사령관님이 직접 표창 주신 것만큼······ 아니 그것보다 훨씬 더 큰 시상식이지."

"그런데 왜 저를 부릅니까? 혹시 저도 뭐 받는 게 있습니까?"

"몰라 그건. 그냥 너 참석하라고 해서 알려 준 것뿐이야."

그렇기에 더더욱 이해가 안 됐다.

대한도 이 행사가 뭔지 알았기 때문이다.

'대위가 거의 최저 계급일 텐데 거기에 왜 나 따위를?'

대한은 몰랐다.

이 행사에 초대된 것 자체가 석문수 때문이라는 걸.

그도 그럴 게 이번 행사에 참여하는 이들 대부분이 각 군 요직에 앉아 있는 대령들이 주류인데다 소장 계급인 국방부 정책기획관이 행사 주관을 해서 소통 간담회까지 한다고 나와 있었으니까.

대한이 멍하니 공문을 쳐다보고 있자 여진수가 대한의 등을 강하게 치며 말했다.

"자식이 사령관님 앞에서도 안 쪼는 놈이 갑자기 겁먹은 척하네? 얌마, 대장님도 스무스 하게 상대했으면서 고작 대령, 중령들 모인 자리가 겁나냐?"

아니, 사령관은 곧 전역할 양반이잖아요.

여기 모이는 중, 대령들은 미래에 사령관이 될 수도 있으니 당연히 더 겁나지.

"하⋯⋯."

대한은 귀찮은 일에 휘말린 듯한 기분이 들어 속이 답답해졌다.

대한이 답답함을 느끼는 건 당연했다.

중령, 대령이 넘치는 자리에 일개 소위가 앉아 있으면 당연히 소위에게로 질문 세례가 쏟아질 테니까.

'조용히 있다 오기는 글렀네.'

대한이 물었다.

"혹시 이번 행사에서 과장님 아시는 분은 없으십니까?"

"없어. 이번엔."

아이고.

참 아쉬웠다.

한 다리 건너 아는 사람이라도 있으면 그 사람한테 최대한 묻어갈 수 있는 건데.

여진수가 웃으며 말했다.

"자식이 이거, 너 수가 뻔히 보인다? 나 아는 사람 있으면 거기에 묻어가려는 거지? 근데 어쩌냐, 너도 알다시피 공병이 이런 자리에 가는 것 자체가 엄청 귀한 일이라 공병밖에 모르는 나로썬 도움을 줄 수가 없네. 그래도 네 부담은 이해가 되니 좀 있다가 대대장님한테 공문 보여 드리면서 한번 여쭤보마."

여진수의 말이 맞았다.

육군에서 공병이 차지하는 비중은 전투병과임에도 불구하고 기행병과와 비슷했으니까.

이런 상황이 만들어진 이유야 많지만 가장 핵심적인 이유는 하나였다.

'장군 자리가 없으니까.'

사실상 공병학교장이 장군으로 갈 수 있는 최고 높은 자리였다. 심지어 그곳마저 소장과 준장이 번갈아 가며 앉는 바람에 준장이 앉아 있을 때는 공병 출신 장군이 하나뿐이었다.

이는 기행병과들과 똑같았고 그렇기에 대우도 비슷할 수밖에 없었다.

'이것저것 다 하는 만능 병과치고는 대우가 좀 서운한 편이지.'

적진에 가장 먼저 진입해서 가장 늦게 나온다가 공병의 모토였다.

전쟁이 시작되면 아군이 진격할 길을 만들고 전쟁이 끝나면 그 길을 정비하기에 저런 말이 모토가 된 것.

그만큼 임무의 위험도도 높고 생존을 위해 준비가 잘되어 있는 병과였다.

그럼에도 대우가 떨어지는 건…….

'보병, 포병, 기갑을 지휘할 능력이 부족해서라고 했지.'

공병 대대장이 되더라도 박격포를 어떻게 쏘는지는 알려 주지 않는다.

그렇기에 상급자들 입장에선 공병에게 여단이나 사단을 맡길 수가 없어 이런 상황이 발생하는 것.

비슷한 예로 공병 병과의 요직들은 공병 내에서만 요직이지 다른 병과들은 눈길도 주지 않는 곳들이 많았다.

대한은 언젠가 바꿀 수만 있다면 공병에 대한 이런 차별들을 바꾸고 싶었다.

'그건 그거고 이건 이거지. 일단 한번 가 보자.'

이미 엎질러진 물이고 깔린 판이다.

대한은 일단 부딪혀 보기로 했다.

"아닙니다. 대대장님께 안 여쭤보셔도 될 것 같습니다."

"왜? 괜찮겠어?"

"제가 뭐 언제 그런 걱정하면서 군 생활했습니까. 어차피 소위한테 뭐라고 해 봤자 얼마나 뭐라고 하겠습니까. 그냥 시원하게 갔다 오겠습니다."

"크…… 역시 그래야 대한이지. 나 방금 너 아닌 줄 알았잖아."

"대신 저도 공문 좀 받아 볼 수 있겠습니까? 공문 보고 준비할 거 있으면 미리 준비하고 싶습니다."

"어, 그래야지. 대대장님 결재만 받고 바로 보내 놓을게."

"감사합니다. 뭐 더 하실 말씀 있으십니까?"

"아니, 올라가서 일 봐라."

"예, 충성!"

대한은 좋게 생각하기로 했다.

이런 자리에 자신을 부른다는 것 자체가 어쩌면 국방부의 표창을 받을 수도 있다는 말이었으니까.

물론 큰 기대는 하지 않는다.

이런 자리에 초청되었다는 것만 해도 공병…… 아니 일개 소위에겐 엄청난 영광이었으니까.

'그래도 이왕이면 받았으며 좋겠다.'

그럼 자력에도 엄청난 도움이 될 테지.

그러니 대한은 모쪼록 준비를 잘해서 깊은 인상을 심어 보기로 했다.

'그래도 일단은 부대 개방 행사부터 집중하자.'

그 시각, 이영훈은 중대 병력들을 모아 여진수가 시킨 종합을 하는 중이었다.

중대원들은 저마다 부모님에게 연락을 해 본다며 사방으로 뛰어다니고 있었다.

부모님이랑 같이 나가는 외박은 귀하니까.

대한의 소대에는 부대 근처에 사는 병력들이 많았지만 이건 좀 특이한 경우였다.

보통은 전국 각지에서 랜덤으로 뿌려지는 게 자대였으니까.

그렇기에 종합을 잘해야 했다.

집 근처 사는 인원들보단 출신지가 먼 병사들을 좀 더 대우해 주는 게 맞았으니까.

그때, 하사가 된 박태현이 이미 조사를 끝내 놓고 대한에게 수첩을 보여 주었다.

"여기 명단입니다."

"이야, 박 하사. 역시 불꽃 에이스야."

"기본 아니겠습니까."

박태현의 깔끔한 일처리에 대한은 흐뭇하게 웃었다.

사람 잘못 본 게 아니었다.

박태현은 하사가 된 이후 확실하게 좋은 부관 역할을 해 주고 있었으니까.

'자식, 능력 있는 부사관의 상징인 스포츠 고글 하나 사 줘야겠어.'

박태록을 따라다니며 작업 능력도 일취월장하고 있으니 고글을 쓸 자격이 있었다.

대한은 박태현이 건넨 수첩을 보며 고개를 끄덕였다.

'부모님들이 많이 오시진 않네.'

애초에 소대 인원이 많이 없었기에 더 그런 것일 수도 있었다.

그때, 눈에 띄는 사실 하나를 발견했다.

이번 행사에 기태준의 부모님이 참석한다는 것이었다.

'잘 됐다. 안 그래도 궁금했었는데.'

에이스라 마음에 들긴 했지만 그만큼 궁금한 점도 많은 병사였다.

대한이 기태준에게 물었다.

"부모님 오시네? 날짜 언제인지 알아?"

"예, 알고 있습니다."

"아니, 네가 아는 것 말고 부모님이 말이야. 부모님은 아셔?"

"예, 오신다고 하셨습니다."

"……벌써 아신다고?"

그 말에 기태준이 얼른 대답했다.

"아까 바로 전화드렸습니다."

"……그래?"

상, 병장들도 전화한다고 줄 서 있는데 일개 일병이 벌써 전화라…….

그때, 눈이 마주친 박태현이 대신 대답했다.

"중대장님이 말씀하시자마자 바로 다녀오는 걸 보긴 했습니다만, 무슨 문제 있으십니까?"

"아니, 그냥 너무 빨리 일이 진행됐길래 신기해서 그랬지."

그 말에 대한이 고개를 끄덕였고 기태준도 속으로 한숨을 내쉬었다.

다음 날.

대한은 최종찬과 기태준을 데리고 외출을 나가는 중이었다. 행사에 쓰일 현수막 제작을 위해서였다.

만만한 옥지성을 데리고 나갈까 싶었으나 녀석은 수능이 끝나기 무섭게 보급관이 옆에 항상 끼고 다녔다.

옥지성만큼 일 잘하는 인재도 드물었으니까.

'뭐 수능도 끝났으니 상관없겠지.'

옥지성은 재수 생각이 없다고 했다.

짧은 기간이었지만 역시 공부는 체질에 맞지 않는다나 뭐라나.

반면 최종찬은 페이스를 잃지 않고 전과 같이 연등을 병행하며 수능 공부를 해 나갔다.

대한이 물었다.

"종찬아, 공부 재밌냐?"

"이제 재미를 좀 찾아가는 것 같습니다."

"재미라…… 내 동생도 똑같은 말을 하던데 공부 잘하는 애들한테는 약간 변태 끼가 있는 것 같아."

"하하, 아닙니다."

대한은 최종찬에 대한 기대가 컸다.

공부에 대한 승부욕도 컸고 철권 실력만큼이나 학습력도 좋앉기 때문이다.

게다가 자신이나 황재우가 신경 쓰지 않아도 알아서 공부를 하니 더 이상 손댈 곳이 없었다.

대한이 우스갯소리로 말했다.

"너 이러다 키다리 장학금 같은 건 필요 없게 되는 거 아니냐?"

"예? 왜 그러십니까? 이제 지원 안 해 준답니까?"

"아니, 넌 왠지 전액 장학금 받을 것 같아서 하는 말이야. 키다리 아저씨가 왜 지원을 안 해 주냐, 그분 돈 많아."

"전 또 뭐라고…… 그나저나 그분은 진짜 좋으신 분인 것 같습니다."

"좋은 분이지. 암 그렇고말고."

"나중에 대학 졸업하면 꼭 뵙고 싶습니다."

얼굴을 본다라.

오정식도 최종찬에게 얼굴 팔린 상태라 쓸 놈이 없는데…….

대한은 일단 먼 미래의 일이었기에 대충 넘기기로 했다.

"그래, 뭐. 그때 가면 볼 수도 있겠지. 아참, 그런 의미에서 너도 이번에 장기 자랑이랑 외박 준비해야 한다. 알고 있냐?"

"제가 말씀이십니까? 장기 자랑은 그렇다 쳐도 외박은 누구랑 나갑니까?"

그 물음에 대한이 어제 나눈 전화 통화를 떠올리고 피식 웃으며 말했다.

"할머니랑 가지 누구랑 나가냐. 오는 김에 너네 형도 온다던데?"

"형이라고 하시면…… 아, 정식이 형님 말씀하시는 겁니까?"

휴가 때 만난 이후로 시간이 꽤 흘렀다.

두 사람은 형 동생 하는 사이가 되었고 그 사실은 대한도 이미 알고 있었다.

"그래, 정식이 형님. 어제 부대 개방 행사한다고 말하니까 바로 할머니 모시고 온다더라."

"항상 감사하게 생각하고 있습니다."

"어째 나보다 더 친해진 것 같다. 괜히 질투 나는 것 같기도 하고?"

"아잇, 아닙니다. 소대장님은 제가 형님이라 부르기도 죄송할 정도로 은인이십니다."

그 말에 대한이 흡족함을 표했다.

암 그렇고말고.

그래도 오정식보단 나한테 더 고마워해야지.

그때, 잠자코 듣고 있던 기태준이 물었다.

"소대장님이 최종찬 일병 은인이십니까?"

그 말에 최종찬이 대신 대답했다.

"응, 은인이시지."

"혹시 사연을 여쭤봐도 되겠습니까?"

"말해 줘도 됩니까?"

최종찬은 대한에게 허락을 구했고 대한은 쑥스러워하며 말했다.

"뭘 그런 걸 말하고 그러냐? 혼자 가슴 속에 묻어 두면 되는 거지."

"그렇다시네."

"흠흠, 하지만 우리 막내가 궁금해하는데 어찌 또 차갑게 굴수 있겠냐. 종찬아 살짝만 이야기해 줘라. 너만 괜찮다면."

그 말에 최종찬이 얼른 고개를 끄덕였다.

"아, 예. 알겠습니다. 핵심만 간단하게 말해 주겠습니다. 일단 이 이야기를 하려면 소대장님이 처음 부대 전입 오셨을 때로 거슬러 올라가야 하는데⋯⋯."

간략히 하라고 했지만 간략히가 아니었다.

당사자의 입으로 내 미담을 듣는다는 게 좀 쑥스럽긴 했지만 그래도 들을 만 했다.

아니, 뿌듯했다.

이윽고 프린팅 가게에 도착했을 때쯤 이야기가 끝났고 기태준은 영웅의 무용담이라도 들은 것처럼 입이 벌어져 있었다.

"정말 대단하십니다."

"아니, 뭐 이런 거 가지고. 도착했다, 내리자."

쑥스러움에 대한이 얼른 내리라고 종용한다.

하지만 기태준은 직접 들었음에도 여전히 믿지 못하겠다는 듯 멍한 표정을 지었고 대한은 흠흠 헛기침을 하며 프린팅 가게로 들어갔다.

"안녕하십니까?"

"어, 공병부대네. 요즘 좀 뜸하다 싶었는데 부대에 행사가 없나 봐요?"

"하하, 예. 부대 일정이 자주 바뀌는 바람에 취소된 행사가 좀 많았습니다."

"행사가 취소되면 병사들 심심해서 어떻게 합니까."

"제가 따로 잘 놀아 주고 있습니다."

"그래, 뭐가 필요해서 왔어요?"

"현수막 좀 여러 개 제작하려고 합니다. 병사들 사진이랑 글씨가 들어갈 겁니다."

대한은 전투복 상의 앞주머니에서 USB 하나를 꺼내 내밀었다.

"시간 여유가 좀 있습니다. 이 안에 사진 파일이랑 파일 제목에 적어 넣을 글들 기입해 놨습니다. 제가 몇 번이나 확인했으니까 절대로 잘못 뽑는 일 생기시면 안 됩니다."

"아유, 뭘 그런 걱정을 다 하십니까?"

괜한 걱정이 아니었다.

여긴 실수가 꽤 잦은 곳이었으니까.

'주변에 경쟁 업체가 하나만 더 있었어도 이 정도는 아니었을 텐데.'

아쉽지만 어쩌랴.

이게 군부대 근처의 현실이거늘.

대한은 마지막까지 당부한 뒤 다시 차에 탔다.

그 모습에 최종찬이 물었다.

"근데 저희는 할 것도 없는 것 같은데 왜 데리고 나오셨습니까?"

"심심해서."

"잘못 들었습니다?"

"농담이고 너희 뭐 좀 먹이려고 일부러 데리고 나왔다. 햄버거 어때?"

"아닙니다, 괜찮습니다."

"괜찮긴 무슨. 이따 도서관 정리할 게 좀 있어서 미리 사 주는 거야."

그 말에 최종찬이 고개를 모로 기울이며 말했다.

"제가 매일 정리해서 깨끗하지 않습니까?"

"알지. 근데 부대 개방 행사 때 대대장님이 부모님들에게 도서관을 보여 줄 것 같아 안 보여 줄 것 같아?"

고민할 필요도 없었다.

최종찬이 조용히 한숨을 내쉬며 답했다.

"……무조건 보여 주십니다."

"그럼 청소 좀 해야겠지?"

"……햄버거 2개 먹겠습니다."

"태준아, 너도 부사수인 거 알지?"

"예, 저도 2개 먹겠습니다."

"그래, 애들 작업 끝나는 대로 지원해 줄 테니까. 고생 좀 하고 있어."

"아, 아닙니다. 지원 안 해 주셔도 됩니다."

"응? 둘이 하긴 많지 않나?"

"대충하는 거 볼 바에는 그냥 저희 둘이 제대로 하겠습니다."

역시.

도서 관리병으로 최종찬을 시키길 잘했다는 생각이 든다.

그로부터 얼마 뒤, 드디어 부대 개방 행사 날짜가 되었다.

부대 개방 행사 당일.

아침 일찍부터 간부들이 부대에 출근해서 부모님 맞을 준비를 하고 있었다.

동시에 강당에서는 부대 소개 영상과 장기 자랑 준비가 한창이었다.

박희재는 부모님들에게 먼저 인사하기 위해 위병소에서 기다리고 있었다.

대한이 박희재에게 물을 건네며 말했다.

"대대장님, 물 드시겠습니까."

"그래, 고맙구나."

박희재는 수많은 인사를 할 생각에 벌써부터 목이 칼칼해진 듯 500㎖ 물 한통을 단숨에 비워 냈다.

"난 군 생활 중에 부대 개방 행사가 제일 부담되더라."

그 말에 대한이 고개를 끄덕였다.

그도 그럴 게 사실상 아들들을 책임지고 있는 위치였으니까.

'무슨 일 생겼을 때 탓하기 제일 좋은 게 대대장이이지.'

대한이 공감한다는 듯 대답했다.

"그럴 것 같습니다."

"차라리 이런 거 할 바에 훈련 한 번을 더 하지. 안 그러냐?"

"어우, 그건 좀……."

선 씨게 넘네.

아무리 그래도 그건 아니지.

그때, 박희재의 눈에 위병소 옆에 빼곡히 걸린 현수막이 보였다.

현수막에는 대한의 소대원들이 걸려 있었다.

"현수막에 저거, 너희 애들 아니냐?"

"예, 맞습니다. 부모님들에게 아들들 성과도 알릴 겸 포토존을 한번 만들어 보았습니다. 아, 그리고 집에 가실 때 저 현수막들 떼서 드리려고 합니다."

다행히 프린팅 가게 사장은 실수 없이 물건을 잘 만들어 냈다.

만들어진 현수막에는 소대원 개개인이 달성한 성과와 함께 소대원들의 사진이 박혀 있었는데 거기 적힌 내용들은 대부분 이러했다.

[박태현, 이등병부터 원사까지.]

[옥지성, 중졸에서 대졸까지. 2013 수능 4등급 같은 5등급. 상향지원 합격기원.]

[최종찬, 선임이 하면 나도 한다. 중졸에서 대졸까지. 2013 수능 3등급. 재수 대박 기원.]

[양준규, 3km 10분대, 팔굽혀펴기 100개, 윗몸일으키기 100개. 부대 명예의 전당 등극.]

……

마치 선거운동을 방불케 하는 현수막들이었지만 부모님들 입장에선 분명 추억이 될 터.

박희재가 대한의 센스에 흡족함을 표했다.

"역시 대한이다. 확실히 젊어서 그런 가 생각하는 거 자체가 달라. 중대장들! 좀 보고 배워야겠다!"

"예! 알겠습니다!"

위병소에는 대대장만 나와 있는 게 아니었다.

중대장들도 나와 있었다.

그렇기에 모두들 우렁차게 대답했고 그때, 위병소로 차량 한 대가 다가왔다.

익숙한 차량이었다.

대한이 말했다.

"최종찬 일병 가족입니다."

이윽고 차에서 오정식과 할머니가 내리자 박희재가 얼른 다가가 붙었다.

"안녕하십니까. 대대장 박희재 중령입니다. 먼 길 오느라 고생하셨습니다."

"별말씀을요. 주차는 어디 하면 되나요?"

"아, 저쪽 안내원 앞으로 가시면 됩니다."

"예, 감사합니다."

대한은 본인을 본 척도 안하는 오정식을 보고 어이가 없었다. 물론 최종찬의 가족으로 왔으니 알은척하는 게 더 이상하긴 했지만.

박희재가 말했다.

"대한이는 슬슬 올라가 보거라. 소대원 가족분들이신데 인사는 드려야지."

"예, 알겠습니다."

기다렸던 말이었다.

대한은 그대로 위병소에서 벗어나 오정식이 주차를 하고 있는 곳으로 이동했다.

오정식은 차에서 내려 할머니가 내리기 편하도록 부축을 하고 있었다.

모르는 사람이 보면 진짜 가족이라 착각할 정도.

그 모습에 대한이 씩 웃으며 말했다.

"내 덕분에 좋은 가족 만난 것 같다?"

"어유, 그럼. 인연이 또 이렇게 이어지더라."

"안녕하십니까. 종찬이 소대장입니다."

할머니는 대한을 보더니 다가와 손을 덥석 잡았다.

"우리 손주 잘 챙겨 줘서 고마워요. 항상 감사하게 생각하고 있어요."

"하하, 아닙니다. 제 밑에 있는데 당연히 잘 챙겨 줘야죠."

"종찬이가 휴가 나와서 얼마나 소대장님 자랑을 하던지……
내 살아생전 그 애가 누굴 그리 칭찬하고 좋아하는 걸 본 적이
없어요."

할머니가 그렇게까지 말씀해 주시니 참 뿌듯했다.

그 옆에 선 오정식은 묘하게 억울한 표정을 짓고 있었고.

대한이 말했다.

"할머님, 정식이랑 강당에 가 계시면 되세요. 종찬이도 거기
서 할머니 기다리고 있을 거예요."

"예, 고마워요."

대한은 두 사람을 올려 보낸 후 이어서 들어오는 부모님들
을 맞이했다.

이윽고 대부분의 부모님들이 들어오시자 행사가 시작됐다.

사회는 고종민.

고종민의 말이 이어졌다.

"안녕하십니까. 부대에 오신 부모님들을 진심으로 환영합니
다. 저는 사회를 맡은 고종민 중위라고 합니다. 아드님들과 시

간을 보내시느라 바쁘시겠지만 부대 소개 영상 짧게 시청하고 다음 순서로 빠르게 넘어가 보겠습니다."

매끄러운 사회 멘트에 대한은 흡족함을 표했다.

'역시 사람은 굴려야 발전을 해.'

처음부터 잘하는 사람이 어디 있겠나.

차차 잘해 가는 거지.

이내 부대 소개 영상이 시작됐고 영상이 끝날 때쯤 고종민이 입을 열었다.

"지루하시지는 않으셨습니까? 저희가 어떤 부대인지 간략하게 설명드렸고 중간중간 위험한 모습도 있었지만 아드님들이 훈련할 때는 저희가 안전에 최우선을 두고 하기 때문에 큰 걱정 안 하셔도 됩니다. 다음으로는 부모님들이 오셨는데 아들들이 신이 안 날 수 없겠죠. 그들의 흥을 풀어내기 위한 장기 자랑 시간이 이어지겠습니다."

장기 자랑이라는 말에 부모님들이 깜짝 놀란다.

그도 그럴 게 병사들에게 철저히 입단속을 시켰기 때문이다.

'뭐든 기대 안 하고 있다가 받는 게 제일 효과가 좋지.'

아니나 다를까.

부모님들은 환호하며 첫 번째 순서를 기다렸다.

첫 번째 순서가 막 시작되려는 그때, 박태현이 대한에게 다가와 말했다.

"소대장님. 기태준 부모님만 아직 도착 안 하셨습니다."

"어디서 오시는데."

"과천이라고 적혀 있습니다."

"그래?"

과천이면 영천까지 좀 멀긴 했다.

대한은 박태현에게 소대원들의 장기 자랑 영상을 찍어 두라고 한 뒤 그대로 강당에서 나와 기태준의 아버지에게 전화를 걸었다.

"안녕하십니까. 태준이 소대장입니다."

−아, 예. 어디쯤 오고 있나 해서 연락 주신 거죠?

"예, 맞습니다. 먼 길에서 오시는데 시간이 너무 촉박한 게 아니었나 죄송스럽습니다."

−허허, 아닙니다. 제가 출발이 좀 늦었습니다. 한 10분이면 도착할 것 같습니다.

"예, 조심히 오십쇼."

다행히 안 오시는 건 아닌 모양.

그 사이 장기 자랑은 성황리에 끝났다.

애초에 단체 무대 중심이었고 워낙 몸치인 인원들이 많아 시킨 건 춤이었지만 보는 이들 입장에서는 율동이었다.

그런 수준의 춤을 오래 보여 줄 수는 없는 노릇.

하지만 짧게 보인 춤에도 부모님들은 열광했다.

그도 그럴 게 다 큰 아들이 춤추는 걸 언제 또 보겠나.

그 어느 시간보다 기억에 남는 시간이 되었을 것이다.

짧은 행사가 마무리된 후, 중대장과 소대장들이 가이드가 되어 부대를 소개하는 시간이 되었다.

대한은 1소대 인원들을 이끌고는 가장 먼저 위병소로 이동했다.

"여긴 제가 만든 포토존입니다. 제가 오고 난 뒤에 소대원들이 이룬 것들을 중점으로 현수막을 한번 만들어 보았는데 사진 촬영이 끝난 뒤, 원하시는 분들께 현수막은 기념으로 드리겠습니다."

역시 반응이 좋았다.

애초에 위병소에 들어올 때부터 반응이 좋았기에 안 좋을 수가 없었다.

하지만 대한은 여전히 걱정이 가득했다.

아직까지 기태준의 부모님이 오시지 않았기 때문이다.

그때, 위병소로 차량 한 대가 들어왔다.

대한은 저 차가 본능적으로 기태준 아버님의 차라는 걸 느끼고 얼른 다가가 확인했다.

"태준이 아버님이십니까?"

"예, 맞습니다. 반갑습니다. 기도욱이라고 합니다."

차를 보니 혼자 왔다.

대한이 이어서 말했다.

"아, 예. 반갑습니다. 태준이 소대장을 맡고 있는 김대한 소위라고 합니다. 일단 주차는 바로 뒤에 하시고 내리셔서 사진부터 같이 찍으시죠."

기도욱은 현수막을 보며 피식 웃었다.

"소대장님이 준비하신 겁니까?"

"예, 특별한 추억을 만들어 드리기 위해 준비했습니다. 좀 있다가 사진 촬영이 끝나면 현수막 째로 드리겠습니다."

"하하, 알겠습니다. 그럼 주차만 하고 바로 오겠습니다."

기도욱이 빠르게 주차를 하고 기태준에게 다가갔다.

그러자 기태준이 어색하게 고개를 숙이며 말했다.

"오셨습니까."

"미안하다. 좀 늦었다."

"괜찮습니다."

대화는 그게 전부였다.

뭔 집안이 저리 삭막하나 싶었지만 참견할 사항은 아니라 대한이 얼른 화제를 돌렸다.

"태준이가 아버님 오신다고 장기 자랑도 준비했었습니다."

"아, 그렇습니까? 어떤 장기 자랑이었습니까?"

"춤이었는데 영상 촬영한 게 있으니 이따 톡으로 보내 드리겠습니다."

"하하, 이럴 줄 알았으면 일찍 올 걸 그랬습니다."

"부모님들에게 깜짝 선물처럼 드리고 싶어 병사들에게 비밀로 하라고 신신당부했었습니다."

"서프라이즈라…… 놀랍긴 합니다."

기태준은 기도욱의 눈치를 보고는 조용히 말했다.

"말씀드리면 진짜 일찍 오실 것 같아서 말씀 안 드렸습니다. 죄송합니다."

"그래, 알겠다."

부자의 대화에 대한은 속으로 고개를 저었다.

왜 저리 삭막해?

진짜 부자는 맞는 걸까?

생긴 걸 보면 맞는 것 같은데.

이윽고 사진 촬영이 끝나고 현수막 증정식이 이어졌다.

박태현이 현수막 증정을 도맡아 하는 동안 대한은 박희재에게 전화를 걸어 한 가지 허락을 구했다.

"충성! 대대장님 여쭤볼 게 있습니다."

—그래, 말해라.

"저희 소대 부모님들 제가 알아서 휴가 출발시키면 되겠습니까?"

—현장 판단에 맡긴다. 이상.

역시 박희재.

덕분에 부모님들을 일찍 보낼 수 있게 되었다.

"혹시 더 구경하고 싶으신 곳 있으십니까?"

돌아오는 대답이 없다.

이 정도면 추억 남길 건 다 남겼다.

예상된 반응에 대한이 웃으며 말했다.

"이제부터 아드님들 데리고 외박 출발하셔도 됩니다. 피엑스에 들르실 분은 들렀다가 가시고 모쪼록 즐거운 시간 되시기 바라겠습니다."

그 말에 부모님들은 피엑스로 우르르 향했고 그 모습을 본 박태현이 대한에게 다가와 물었다.

"오늘 외박 안 나가는 인원들 복귀시켜서 쉬게 하겠습니다."

"어, 인솔 부탁한다."

"예, 알겠습니다. 얘들아 가자!"

박태현의 인솔에 소대원들도 모두 사라졌다.

기도욱과 기태준도 천천히 움직였다.

두 사람이 탄 차량이 부대를 미끄러지듯 빠져 나가고 한참.

주변에 아무도 없게 되었을 때 기도욱이 침묵을 깨며 물었다.

"그래, 부대 생활은 할 만하냐?"

"예, 할 만한 것 같습니다."

"그래서, 언제까지 거기 있을 생각이냐?"

그 말에 기태준은 잠시 입을 다물었다.

기도욱의 물음은 말 그대로였기 때문이다.

기태준은 현재 병사 신분으로 입대해 있었지만 마음만 먹으면 언제든지 부대를 떠날 수 있는 상황이었기 때문.

왜냐하면 기태준은 사실 기무사 중사로, 아버지인 기도욱의 지시에 따라 직접 병사 생활을 경험해 보기 위해 신분을 숨기고 대한의 아래서 군 생활을 하고 있는 것이었기 때문이다.

기도욱의 물음에 침묵하길 얼마간.

기태준이 말했다.

"아버지만 허락하신다면 여기서 만기 제대할 때까지 복무를 마치고 싶습니다."

Chapter 5

그 말에 기도욱은 조수석을 바라볼 수밖에 없었다.

"……병 생활 경험은 이제 충분하지 않나?"

"병사들의 생활은 대충 알겠습니다. 하지만 저희 소대장을 아직 잘 모르겠습니다."

"김대한 소위?"

"예, 그렇습니다."

아들의 말에 기도욱은 따로 조사한 대한의 정보를 떠올렸다. 그리고 고개를 끄덕였다.

"특이한 놈이긴 하더구나. 그런데 그게 네가 병사 생활을 더 할 이유가 된다고?"

강요가 아니었다.

단순한 물음이었지.

그도 그럴 게 기태준의 집안은 할아버지 때부터 군인인 육군명가였지만 절대로 강압적인 분위기는 아니었다.

오히려 기도욱은 기태준이 군인이 되는 것을 별로 원치 않았다.

기태준의 할아버지도 기무사 장교였던 탓에 군의 안 좋은 면은 전부 다 보고 자랐으니까.

그래서 자신의 아들만큼은 군인이 되지 않았으면 했다.

하지만 그 아비에 그 아들이라고 보고 자란 게 아버지라 결국 아들도 기무사에 입대했다.

그게 기태준의 첫 반항이었다.

물론 입대를 선택한 건 아버지를 존경해서였다.

'그래서 입대 이후엔 무조건 아버지 말에 복종하겠다고 다짐했는데…….'

병사로 위장 전입하기 전까지만 해도 그렇게 살았다.

그런데 이곳에 와서 군 생활 도중 처음으로 호기심이 드는 사람이 생겼다.

그게 바로 대한이었다.

처음엔 대한도 그저 흔해 빠진 그런 장교인 줄 알았다.

하지만 그에 대해 알아 가면 알아 갈수록 대한은 참 알쏭달쏭한 인물이었다.

그뿐이랴?

대한은 단순히 신비로운 것뿐만이 아니라 상관과 부하를 모두 챙기는…… 아니 말로는 무어라 표현하기 힘든 마치 소설 속에서나 볼 법한 그런 인물이었다.

그런데 그게 싫지가 않다.

오히려 감탄사를 내뱉게 되며 아버지 이후로 처음으로 존경심이 드는 사람이 됐다.

기태준이 고개를 끄덕였다.

"예, 그렇습니다. 그 사람은 뭐랄까…… 군인이되 군인 같지 않은 사람입니다. 게다가 주변 평판마저 광신도 수준으로 높으니 좀 더 곁에 두고 지켜보고 싶다는 생각이 들었습니다."

그 말에 기도욱이 다시 한번 고개를 끄덕였다.

다른 곳이라면 몰라도 기무사 정도면 대한의 비밀쯤은 훤히 꿰고 있었으니까.

'엄청난 자산가임과 동시에 작전 투입에 사비 쓰는 걸 당연하게 생각하는 놈이지.'

그뿐일까?

입대한지 얼마 안 된 일개 소위한테 관심 갖는 장군만 몇 명이던가?

심지어 이번엔 국방부 장병 정신 전력, 문화예술, 인성 교육 우수부대 및 발전 유공자 시상식에도 초대되었다.

고작해야 일개 소위가 말이다.

생각을 마친 기도욱이 고개를 끄덕였다.

"알겠다. 내가 봐도 배울 게 많아 보이는 친구더구나. 네 뜻은 잘 알겠으니 그럼 네 직성이 풀릴 때까지 그 친구 밑에서 복무해 보도록 해라."

"감사합니다, 아버지."

아들이 곁에 두고 지켜보겠다는 말.

그건 그 사람 옆에 남아 그 사람을 좀 더 관찰하고 공부하겠다는 뜻이었다.

아들은 그런 식으로 성장을 꾀하는 놈이었으니까.

게다가 기도욱은 기태준의 인정 욕구에 대해 그 누구보다도 잘 안다.

'자식이, 그럴 거면 재수해서 육사 가라니까.'

할아버지도 자신도 육사 출신 장교였다.

그래서 이왕 군인을 할 거면 육사에 가서 장교 쪽으로 기무사 오라고 했는데 첫 입시에서 아깝게 떨어졌다.

그럼에도 군인이 되고 싶다는 아들의 말에 조용히 재수를 권했지만 그것보단 차라리 빨리 복무하고 싶다는 말에 부사관 입대를 허락했다.

물론 이런 말들을 절대로 입 밖으로 내뱉진 않았다.

대신 다른 아버지들처럼 친근하게 화제를 돌렸다.

"그래서 뭐 먹고 싶냐? 외출도 나왔겠다, 너 먹고 싶은 거 먹자."

"전 아버지 드시고 싶은 거면 다 좋습니다."

"으휴, 재미없는 놈 같으니라고."

두 사람을 태운 차가 근처 식당으로 향한다.

차를 운전하면서 기도욱은 생각했다.

'아들 때문에라도 김대한 그놈 좀 눈여겨봐야겠구만.'

본의 아니게 기무사의 관심까지 갖게 된 대한이었다.

⁂

부대 개방 행사가 끝나고 다음 주.

여진수의 호출로 대한은 지휘통제실로 이동했다.

이윽고 지휘통제실 문을 열자 여진수와 함께 있던 박희재가 벌떡 일어나 대한에게 다가왔다.

"흐흐, 이 자식. 이렇게 또 사고를 칠 줄이야."

"뭐 때문에 그러십니까?"

"이거 말이다, 이거."

공문을 들이미는 박희재.

거기에는 일전에 여진수가 말한 시상식에 대한 건이 적혀 있었다.

박희재가 이어서 말했다.

"대단한 놈인 줄은 알고 있었지만 나 참, 내 군 생활 중에 소위가 이런데 불려갈 줄은 꿈에도 몰랐다."

"그러게나 말입니다. 심지어 단순 참여가 아니라 상까지 받을 줄 누가 알았겠습니까?"

엥?

이게 무슨 소리야?

상이라니?

대한이 얼떨떨한 표정으로 물었다.

"상 말씀이십니까?"

"그래, 상. 이번에 너 업무발전 유공자로 상 하나 준다."

그 말에 대한은 소름이 쫙 돋았다.

단순 초대도 대단한 일이라고 생각했는데 정말로 상까지 준다고?

대한의 눈이 아까보다 더 커지자 박희재가 피식 웃으며 말했다.

"자랑스럽게 생각해라. 이런 상을 준다는 건 올 한 해 동안 군에 가장 큰 발전을 기여한 인물이 너라는 말이나 마찬가지니까 말이다. 아직 시상 전이지만 미리 축하한다."

"감사합니다. 대대장님. 다 대대장님 덕분입니다."

"네가 잘해서 받는 건데 감사는 무슨. 오히려 내가 고마워해야 될 일이지. 일단 단으로 올라가서 마저 이야기하자. 단장님 기다리시겠다."

"예, 알겠습니다!"

진심으로 축하하는 박희재에게 대한은 진심으로 감동했다.

사실 박희재가 마음만 먹는다면 대한을 대신해서 상을 받을 수도 있었다.

군대에서 소위가 단독으로 할 수 있는 일은 거의 없었으니까.

'내가 지시했다는 말 한마디였으면 자기가 표창받을 수도 있었을 텐데.'

하지만 박희재는 그렇게 하지 않았다.

여진수도 마찬가지였다.

그렇기에 대한은 두 사람이 진심으로 고마웠다.

이윽고 세 사람은 단으로 이동했고 단장실에 들어간 박희재가 먼저 경례했다.

"충성."

"어, 앉아."

단장실에는 정훈장교인 안유빈이 먼저 와 있었다.

대한이 안유빈의 옆에 앉자 이원영이 직접 차를 따라 세 사람에게 건넸다.

그때, 안유빈이 대한에게 조용히 말했다.

"다 네 덕분이다."

"선배님도 같이 시상식 가십니까?"

"어, 대상자는 아닌데 국방홍보원에서 시상식 오는 길에 같이 오라고 연락 왔어."

안유빈이 기뻐한다.

그 모습에 대한도 기분이 좋아졌다.

그뿐이랴?

이중에서 가장 기뻐하는 건 다름 아닌 이원영이었다.

그도 그럴 게 이번 시상식에서 대한이 덕분에 공병단도 우수 부대로 선정되어 부대 표창을 받게 되었으니까.

'다들 잘돼서 참 기분이 좋네.'

안유빈은 이번 일을 계기로 자소서에 한 줄 추가할 수 있는 문장이 생겼고 대한과 이원영은 자그마치 국방부 장관 표창을 받게 되었다.

그리고 그것은 저번에 석문수 사령관에게 받은 표창보다 훈격이 더 높은 것으로 그 어떤 표창보다 장기 심사나 진급 심사에 큰 영향을 끼치는 표창이었다.

이원영이 입꼬리를 올린 채 말했다.

"대한이 덕분에 이런 일로 국방부에 다 가 보는구나. 고맙다."

"하하, 아닙니다."

"아니긴, 네 덕분에 나팔 부는 건데…… 앞으로도 지금처럼만 해라."

"예, 알겠습니다. 더 열심히 하겠습니다!"

그때 옆에서 눈을 좁히고 있던 박희재가 은근한 어조로 말했다.

"좋으시겠습니다? 이런 일로 국방부까지 다 가시고."

"당연히 좋지. 말년에 부하 잘 만나서 이게 대체 뭔 복인지."

"그런 의미에서 반드시 장군 되셔서 애들 잘 끌어주셔야 합니다."

"크흠, 장군은 무슨. 될지 안 될지도 모를 일을⋯⋯."

"그러니까 되면 말입니다."

박희재의 말에 부담스러운 기색을 보이긴 했지만 그래도 치솟는 광대는 숨길 수가 없다.

이원영이 헛기침하며 말했다.

"출발 준비는 정훈장교가 알아서 준비하고 보고해라."

"예, 알겠습니다!"

"따로 홍보원에서 원하는 건 없었지?"

"내년에 또 할 거 있냐고 물어보긴 했습니다."

그 말에 모두의 시선이 대한에게로 쏟아졌다.

그렇기에 대한도 얼른 대답했다.

"아, 아직은 없습니다."

"확실하냐?"

"하핫⋯⋯ 예, 아직은 없습니다."

"뭐든 생각나면 바로바로 말할 수 있도록. 다른 사람은 몰라도 우리 대한이 의견이라면 적극 수용하고 반영할 테니까."

"감사합니다."

"그나저나 공문은 다 확인해 봤냐?"

"예, 확인해 봤습니다."

"거기 보면 시상식 후에 소통 간담회를 한다고 나와 있지? 그

걸 좀 같이 준비하자고 불렀다."

이번 시상식에는 시상만 하고 끝나는 게 아니었다.

국방부 정책기획관 주관으로 소통간담회를 진행하는데 간담회 간 올해 추진 성과를 공유하고 내년 정신 전력, 문화예술, 인성 교육 정책 방향을 논의해야 했다.

그리고 이건 일전에 여진수가 미리 운을 띄운 것이기도 했고.

'거기서 계급 제일 낮은 게 나일 테니 관심도 나한테 다 몰리겠지.'

그러니 준비를 잘해야만 했다.

근데 참 아이러니한 일이다.

이렇게 무거운 내용을 논의하는데 일개 소위한테 관심을 보인다니.

물론 진짜 대한의 의견이 궁금한 건 아닐 것이다.

그냥 소위가 왔으니 귀여워서 물어보는 걸 테지.

그렇기에 최대한 준비를 잘해 가 볼 생각이었다.

모두가 기대하지 않을 때 한 방 먹여 주면 생각지도 못한 성과를 올릴 수 있을 테니까.

그리고 그건 이원영 또한 같은 의견이었다.

"준비 잘해야 할 거다. 다들 널 궁금해하고 있을 거니까. 어쩌면 이번 자리가 너한텐 큰 기회가 될지도 몰라."

"예, 알겠습니다. 제대로 한번 준비해 보겠습니다."

대한의 씩씩한 대답에 이원영이 고개를 끄덕였고 박희재가 대한에게 말했다.

"너무 겁먹지는 마. 혹시나 간담회 때 널 무시하는 놈이 있거든 단장님이 알아서 처리해 줄 거니까 걱정하지 말고. 거기 가서도 부대서 하는 것처럼만 해라. 그럼 다 된다."

그 말에 이원영도 고개를 끄덕인다.

참 든든했다.

막말로 이원영이 자주 봐서 친근한 사람처럼 느껴질 뿐이지 어디 가서 무시받을 양반은 아니었다.

오히려 콧방귀 깨나 뀌는 양반이었지.

그도 그럴 게 무려 육사 출신 대령이 아니던가?

박희재의 말에 이원영도 무게를 실어 주었다.

"그래, 누가 너한테 뭐라고 하면 내가 대신 눌러 줄 테니까 절대로 겁먹지 말고."

"하하, 예, 알겠습니다!"

대한의 밝은 대답에 이윽고 좋은 분위기에서 간담회 준비에 대한 회의가 시작되었다.

※

시상식 당일.

대한은 새벽에 일찍 간부 숙소에서 나와 단으로 올라갔다.

주차장에는 1호차가 시동이 걸려 있었고 얼마 뒤, 이원영과 안유빈이 주차장으로 나왔다.

"충성! 편히 쉬셨습니까?"

"충성. 나는 잘 쉬었지. 대한이 너는? 설마 긴장해서 못 잔 거 아니지?"

"하하, 아닙니다. 평소처럼 잘 잤습니다."

"그럼 다행이고. 자, 그럼 일단 출발하자꾸나."

시상식은 멀리서 오는 간부들을 배려해 오후에 진행되었다.

그래도 딱 맞춰 도착할 수는 없었기에 해가 뜨기 무섭게 출발하는 것.

대한은 운전병에게 껌을 챙겨 주며 말했다.

"졸리면 말해. 내가 대신 운전할 테니까."

"하하, 감사합니다. 그래도 이 정도는 괜찮습니다."

대한은 운전병의 어깨를 한번 주물러 준 뒤 바로 조수석에 탑승했다.

이내 세 사람을 태운 차량이 국방부로 출발했고 차량은 점심 시간 전에 국방부 청사에 무사히 도착할 수 있었다.

차에서 내린 이원영이 안유빈에게 말했다.

"정훈장교는 따로 움직이면 되나?"

"예, 저는 바로 홍보원에 들렀다가 시상식 끝나기 전에 단장 님 계신 곳으로 합류하겠습니다."

"그래, 알겠다. 그럼 먼저 움직여 보거라."

"예, 그럼 좀 있다 뵙겠습니다. 충성!"

대한은 이동하는 안유빈에게 엄지를 치켜들어 주었다.

안유빈 또한 대한을 응원해 주고는 전화하며 이동을 시작했다.

대한이 이원영에게 말했다.

"흡연하러 가시겠습니까?"

"그럴까?"

청사로 들어가는 순간 흡연하러 나오는 건 눈치가 보여서 못할 일이었다.

이원영도 내심 긴장했는지 대한의 말에 얼른 구석의 흡연장으로 이동했다.

흡연장에는 먼저 흡연하고 있던 간부들이 꽤 있었지만 다들 이원영을 보고도 가볍게 목례만 했다.

하지만 대한과 이원영 모두 그걸 보고도 별 생각이 없었다.

그도 그럴 게 이곳에는 대령이 발에 치일 정도로 많은 곳이었으니까.

'장군이랑 같이 근무하는데 대령은 높은 사람 축에도 못 끼지.'

이원영도 아무렇지 않게 같이 목례를 해 주고는 담배에 불을 붙였다. 그런 다음 대한에게 물었다.

"그나저나 출입 신청 할 때 도착했다고 전화하지 않았냐?"

"예, 주차장으로 내려온다고 했습니다."

"소령이라고?"

"예, 정책기획과에 있는 소령이라고 했습니다."

소령 따위가 행동이 이렇게 굼뜨다니.

이원영은 소령의 행동이 못마땅한 듯했지만 홈그라운드가 아니었기에 참았다.

그때, 다른 간부들이 황급히 경례를 올렸고 이원영도 뒤늦게 상황을 인지하고 담배를 껐다.

그리고 동시에 경례했다.

"충! 성!"

이원영이 경례를 올린 이유.

흡연장에 나타난 사람이 소장이었기 때문이다.

대한은 소장의 이름을 유심히 살피더니 낮은 목소리로 이원영에게 속삭였다.

"단장님, 저분이 저희 시상식을 주관하는 정책 기획관님인 것 같습니다."

"그래?"

대한의 말에 이원영이 경례 자세를 더욱 바르게 잡는다.

그러자 소장이 미간을 찌푸린 채 손을 휘휘 저으며 말했다.

"됐어요, 됐어. 흡연장에서 경례할 필요 없다니까. 에휴, 내가 담배를 끊던지 해야지."

그때, 소장의 시선이 자연스럽게 이원영에게로 옮겨졌다. 그러더니 고개를 끄덕이며 말했다.

"오늘 시상식에 올 공병 단장인가?"

"대령 이원영, 예. 그렇습니다."

"관등성명은 무슨…… 반갑네."

소장 추지훈.

국방부 정책기획관으로 소장 직위 중 중장에 진급할 요직이라 불리는 자리에 앉아 있는 인물로서 이번 시상식을 주관하는 사람이었다.

추지훈은 이원영에게 손을 내밀며 말했고 이원영은 다시 관등성명을 대며 추지훈의 손을 잡았다.

"대령, 이원영!"

"아, 진짜. 부끄럽게 왜 이래? 선배 괴롭히냐?"

"아, 아닙니다!"

같은 육사 출신이기에 추지훈은 편하게 말했지만 이원영은 절대로 편할 수가 없었다.

그 어설픈 모습에 추지훈이 이원영의 어깨를 툭 쳐 주며 말했다.

"자네도 장군 진급하기 전에 담배 끊어. 아니면 나처럼 된다? 흡연장 올 때마다 눈치 봐 가면서 와야 해. 이게 대체 무슨 꼴이야?"

"하하, 알겠습니다. 내년에 금연 도전해 보겠습니다."

"쯧쯧, 자네도 금연하긴 글렀구만? 담배는 갑자기 끊어야지. 됐고 불이나 주게."

"예, 여기 있습니다."

추지훈이 담배 한 모금을 빨아들이며 말했다.

"자네도 피우던 거마저 피우게. 조금 전에 그냥 버리지 않았나?"

"아, 예. 감사합니다. 그럼 한 대만 피우겠습니다."

이원영도 다시 담배를 입에 물었고 그때 추지훈의 뒤에 있던 소령이 대한에게 조용히 말했다.

"도착했다는 거 연락받고 내려오는 길에 소장님이 같이 내려가자고 하셔서 늦었다. 좀 있다가 흡연 다 하고 같이 올라가자."

"예. 알겠습니다."

그래서 늦었구만.

그때, 추지훈의 시선이 대한에게로 옮겨졌다.

"네가 그 소위구나?"

"소위 김대한! 처음 뵙겠습니다!"

"오늘 참석자 중에 네가 제일 궁금했는데 마침 잘 만났다. 학군이지?"

"예, 그렇습니다!"

"장기 신청 했나?"

"아직 못 했습니다! 내후년에 신청 가능합니다!"

"흠, 그래? 아쉽구만, 이번에 넣으면 무조건 붙겠다고 말해주려고 했는데 이렇게 짬이 없을 줄이야. 보니까 너 사령관님 표창도 받았더만?"

"운이 좋았습니다!"

운이 좋았다는 말에 추지훈이 웃으며 이원영에게 말했다.

"소위라…… 밀어주기라도 한 줄 알았더니 아니었나 보네?"

"하하, 아닙니다. 오히려 제가 밀어주기를 당하는 중입니다. 김 소위 덕분에 제가 국방부에 와서 상을 받는 겁니다."

"그래? 설마 했더니 웃기는 놈이었네?"

당연히 부대에서 작정하고 한 명 키워 주려는 건 줄 알았다.

그런데 막상 소위의 정체를 알고 나자 대한을 보는 추지훈의 눈빛이 조금 바뀌었다.

그도 그럴 게 이런 경우는 정말 흔치 않았으니까.

이윽고 흡연을 마친 추지훈이 청사 회의실로 두 사람을 안내했다.

"일단 여기서 대기하고 있게. 좀 있다가 식사하러 같이 이동하자고."

"예, 알겠습니다."

추지훈이 떠나자 이원영이 그제서야 묵은 숨을 토해 냈다.

"아휴, 도착하자마자 힘 빠지네."

"그래도 일찍 만난 게 다행 아닙니까? 얼굴 보고 시작하면 좀 편하지 않겠습니까."

"네가 내 계급 한번 돼 봐라. 이것도 피곤해서 못 할 일이다. 부대에 가만히 있는 게 제일 편해."

하긴 부대에서 왕처럼 군림하다 갑자기 막내 노릇하려면 힘든 법이지.

두 사람은 이내 간담회에서 말할 내용들을 정리하기 시작했고 얼마 뒤, 누군가 회의실을 방문했다.

방문자를 본 이원영이 자리에서 일어나 반가움을 표했다.

"왔냐?"

회의실을 방문한 이는 다름 아닌 홍택수 대령이었다.

그는 특전사 전투복을 입고 있었는데 이원영의 육사 동기이자 공병단 근처에 있는 211특공여단의 여단장이었다.

그가 여기로 온 건 이번 시상식에서 정신 전력 분야 우수부대로 선정되어 시상을 받기 위해서였다.

이원영의 아는 체에 홍택수가 씩 웃으며 말했다.

"부대도 바로 옆인데 같이 가지 그랬냐."

"내가 하고 싶은 말이다. 너 헬기 타고 왔다며? 같이 좀 태워 가지 그랬냐."

"헬기는 자리 없어서 안 돼."

"참나, 나도 헬기 타 봤거든? 어디서 믿지도 않을 구라를 쳐?"

"큭큭, 맞네. 내가 어설펐다."

둘 다 대령이었지만 대화 내용만 듣고 보면 전혀 대령 같지가 않다.

대한과 오정식의 대화 같달까.

이원영이 홍택수에게 웃으며 물었다.

"근데 장군 단 것도 아니면서 헬기 타고 다녀도 괜찮냐? 너 징계 받는 거 아냐?"

"어제 천리행군 끝났다고 하니까 그냥 헬기 타고 오라든데?"

"어제 천리행군 끝났다고? 설마 너도 같이 했냐?"

"같이했지. 요즘 좀 몸이 찌뿌둥한 것 같아서."

그 말에 대한은 자기도 모르게 입을 벌렸다.

'역시 육사 출신인가. 저 나이에 천리행군이라니.'

심지어 아무렇지 않게 말해서 더 대단해 보였다.

이원영도 적잖게 놀란 듯 눈을 키운 채 물었다.

"뻥치는 거 아냐? 네가 애들 속도를 따라간다고?"

"자주 하는 건데 당연히 따라가지. 그뿐인 줄 아냐? 천리행군 하다가 시상식 참가하라는 거 듣고 하루 빨리 완주한 거야."

"미친…… 그래, 넌 헬기 타고 와도 되겠다."

이원영은 홍택수의 체력에 혀를 내둘렀다.

이는 대한도 마찬가지.

'우리 단장도 체력 쪽으로는 참 대단한 사람인데 저 양반은 그냥 미친 인간이었구나.'

이윽고 홍택수가 대한을 쳐다보며 물었다.

"그나저나 저 친구가 이번에 개인 표창 받는 친구야?"

"어, 올해 임관한 소위야. 대한아, 인사드려라. 내 동기이자 우리 부대 근처 211특공여단 여단장이다."

그 말에 대한이 잽싸게 경례를 올렸다.

"충성! 소위 김대한입니다."

"그래, 나도 반갑다. 근데 우리 출신인가?"

"학군 출신입니다."

"그래? 원영이가 아낀다길래 당연히 육사인 줄 알았더니만 의외군."

그 말에 이원영이 부끄러운 듯 조용히 검지를 입술에 붙였다.

그 모습에 홍택수가 괄괄 웃으며 대한에게 악수를 요청했다.

"소위 김대한!"

그렇게 악수가 나눠진 순간이었다.

갑자기 손에 힘을 빡 주는 홍택수.

그런데 이 양반, 악력이 장난이 아니다.

대한도 손에 힘을 주며 옅게 웃었다.

"역시 특공여단장님이신 것 같습니다. 악력이 장난 아니십니다."

"아, 너무 세게 잡았나? 미안하다."

"하하, 괜찮습니다."

그 말에 이원영이 불쑥 끼어들었다.

"인마, 악력은 너도 좋잖아. 저놈 저렇게 보여도 팔씨름도 잘하고 장간도 기가 막히게 치는 놈이야."

"악력이 좋다고? 에이, 그래 보이지는 않는데? 그래 봤자 공병 아니겠냐."

"그래 봤자 공병이라니? 우린 맨날 무거운 거 드는 거 모르냐?"

"우린 맨날 턱걸이 하는데?"

"사람 몸이 무겁냐? 장갑이 무겁냐?"

"어허, 한두 번 드는 거랑 수십 번을 땡기는 거랑 같냐?"

"어어?"

"어어?"

갑자기 두 사람 사이에 스파크가 튀기 시작했다.

뭐야?

갑자기 왜 이래?

그때, 홍택수가 한쪽 입꼬리를 올리며 말했다.

"그래, 그냥 너희들이 더 강하다고 치자."

"치자?"

"그럼? 우리가 질 것 같냐?"

"당연한 걸…… 풍선 근육이 쎄냐, 실전 압축 근육이 쎄냐?"

"실압근은 무슨…… 소위야. 너도 그렇게 생각하냐?"

갑자기 불똥이 나한테 튀었다.

대한은 당황스러웠지만 분위기를 읽고 얼른 이원영을 지원 사격하기 시작했다.

"당연히 공병단이 더 세다고 생각합니다."

"어쭈, 너도 공병단이라는 거냐? 그래. 너희가 둘인데 내가 무슨 말을 하냐. 너희가 더 강한 걸로 하자."

내빼는 홍택수.

그 모습에 이원영이 얼른 추가 도발을 했다.

"쫄리냐?"

"뭐?"

"쫄리면 쫄린다고 말해. 특공여단이 공병단한테 지면 쪽팔려서 얼굴을 어떻게 들고 다니겠냐."

낄낄 웃는 이원영.

그러나 홍택수의 표정은 딱딱하게 굳었다.

남자한테 절대로 하면 안 되는 도발 중에 하나를 시전한 것이나 마찬가지니까.

이내 홍택수가 씩 웃으며 말했다.

"그럼 한번 붙어 보든가."

"붙자고? 뭘로?"

"네가 제안해 봐라. 나중에 딴 말 안 나오게 네가 제안하는 걸로 확실하게 밟아 줄 테니까."

"후회할 텐데…… 안 그러냐, 대한아?"

"예, 맞습니다."

"맞기는 개뿔이…… 그래서, 뭘로 붙을 건데?"

그 물음에 이원영이 대한을 보았다.

괜찮은 아이디어 있으면 내놓으라는 뜻이었다.

대한은 얼른 머리를 굴렸다.

'솔직히 턱걸이나 달리기같이 피지컬로 붙는 대결로 가면 우리가 무조건 진다.'

인정해야 될 건 인정해야 했다.

공병단이 아무리 힘을 잘 쓴다고 하지만 매일같이 운동하는 특공여단에 비할 건 아니었으니까.

물론 제일 좋은 건 대결 자체를 안 하는 것이었지만 분위기를 보니 그럴 가능성은 없어 보였다.

그때, 대한의 머릿속에 좋은 생각이 떠올랐다.

"그럼 혹시 혹한기 훈련을 같이하는 건 어떠시겠습니까?"

"공병단이랑? 같이하게 되면 공병단이 할 수 있는 게 없을 텐데?"

대한의 말에 홍택수가 고개를 기울인다.

그도 그럴 게 일반 부대와 특공여단의 혹한기는 전혀 달랐으니까.

대한도 이 사실을 모르는 건 아니었다.

그래서 아이디어를 냈다.

"조금 변형한다면 충분히 가능하지 않겠습니까."

"변형한다고? 어떻게?"

"특공여단에서 침투 작전을 하고 저희가 대침투 작전을 하는 겁니다."

그 말에 이원영과 홍택수 두 사람 다 동시에 대한을 쳐다보았다.

홍택수가 물었다.

"진심이냐?"

"예, 진심입니다."

"우리가 침투하는데 공병단이 막는다고? 이거 너희 단장이랑 이야기 안 해 봐도 되겠어?"

침투 작전 이야기에 홍택수의 표정에 벌써 승리의 자만심이
가득하다.

그에 비해 이원영의 눈동자는 지진이라도 일어난 것처럼 한
없이 떨리고 있었다.

그도 그럴 게 특공여단을 상대로 침투전을 벌이는 멍청한 부
대는 없었으니까.

하지만 대한은 진심이었다.

'그러게 왜 나한테 아이디어 내라고 했냐.'

어차피 두 부대 모두 혹한기 훈련을 해야 했다.

특공여단이 어떤 혹한기를 할진 모르지만 공병단에서 하는
혹한기는 다른 부대의 혹한기와 크게 다르지 않았다.

추운 날 밖에서 자며 버티는 것.

그래서 대한은 혹한기가 싫었다.

안 그래도 추운 바깥에서 고작 텐트 하나로 버텨야 했으니까.

'영천이 추운 지역은 아니라지만 그래도 밖에서 자면 춥지.'

그래서 아이디어를 낸 것이다.

혹한기도 피할 겸 특공여단의 콧대도 눌러 줄 겸.

당연히 자신은 있었다.

'아직은 대침투 작전 훈련이 성행되지 않지만 나중엔 밥 먹듯
이 하게 되는 게 바로 대침투 작전이지.'

그렇기에 자신 있게 말했다.

대한은 대침투 작전을 굉장히 많이 경험해 본 사람이었으니까.

"자신 있습니다, 단장님."

"……확실해?"

"물론입니다."

이원영은 눈을 감았다.

이제 와서 내뺄 순 없다.

게다가 이번 제안도 대한이 했으니 지금은 부하를 믿어야 할 때.

이내 곧 이원영이 눈을 뜨며 대답했다.

"우리 애가 그렇단다. 너흰 괜찮냐?"

"이야 김 소위가 신임을 많이 받나 보네. 하지만 아무리 그래도 소위 말을 믿는다고? 너무 자존심 세우는 거 아냐?"

"특공 혓바닥이 왜 이렇게 길어? 후달리냐?"

"후달려? 좋다, 안 그래도 사령관님이 혹한기 훈련 어떻게 할 건지 보고하라고 하셨는데 실전처럼 침투 작전 펼친다고 보고해야겠다."

판이 커졌다.

갑자기 사령관 보고라니.

하지만 대한은 더더욱 환영이었다.

혹한기 훈련을 대체할 다른 훈련으로 특공여단과 실전처럼 훈련을 벌인다면 공병단은 칭찬받을 일밖에 없을 테니까. 그리고 설령 침투를 허용한다 하더라도 그건 당연한 것이었다.

'특공여단이 침투에 실패하는 것도 웃기잖아?'

특공여단은 침투, 폭파, 첩보 수집 등 특수 임무를 효율적이고 체계적으로 수행하기 위해 존재하는 부대다.

그러니 침투를 성공해야 하는 게 당연했고 공병단은 그런 특공여단을 상대로 버티기만 해도 이미지가 좋아지리라.

애초에 손해 볼 게 없는 싸움.

이원영도 계산을 마쳤는지 홍택수를 걱정하듯 말했다.

"괜찮겠냐? 침투 실패하면 얼굴 들고 다니기 힘들 텐데?"

"실패는 개뿔, 시작하자마자 침투당하고 다시 혹한기 할 준비나 해라."

대한이 비웃는 홍택수에게 물었다.

"그럼 저희 주둔지에 침투하는 것으로 생각하고 있으면 되겠습니까?"

"그건 안 되지. 그러면 공병단이 대침투 작전을 펼치는 게 아니라 수성을 하는 거잖아."

눈치 빠르네.

대한은 홍택수가 방심하고 있을 때를 노려 승률을 200%로 올리려고 했으나 홍택수는 전혀 방심하고 있지 않았다.

그때, 홍택수가 대한을 흘기며 말했다.

"근데 너 뭔가 말하는 뽄새가 대침투에 대해 잘 알고 이야기하는 것 같은데…… 기분 탓이냐?"

"오해십니다. 그러면 어떻게 하면 되겠습니까?"

"공병단이 따로 가상의 주둔지나 지휘소를 정해. 거기까지 침투하는 것으로 하면 되잖아."

대한은 이원영을 보며 고개를 끄덕였고 이원영이 홍택수에게 재차 확인했다.

"1월 둘째 주에 혹한기 훈련 실시하려고 했는데 괜찮겠나?"

"우린 언제든 상관없다."

여단장이라고 막 지르네.

특공여단은 부대 일정이고 뭐고 없나?

새삼 그쪽 아랫사람들이 불쌍해졌지만 여단장이 그러겠다는데 누가 반박할까.

홍택수는 말이 나온 김에 부대 일정을 조정하기 위해 휴대폰을 꺼내며 회의실을 벗어났다.

홍택수가 회의실을 나서자 이원영이 대한에게 물었다.

"대한아."

"예, 단장님."

"널 못 믿는 건 아니지만 특공 애들 밥 먹고 하는 일이 침투 훈련인 건 알고 있지?"

"예, 잘 알고 있습니다."

"진짜 이길 수 있냐?"

"지면 책임지고 군복 벗겠습니다."

대한은 전투복에 지퍼를 내리는 시늉을 했고 이원영이 어이 없다는 듯 웃으며 말했다.

"의무 복무 중인 놈이 어떻게 군복을 벗겠다는 거냐?"

"하하, 그만큼 자신 있다는 말씀을 드리고 싶었습니다."

"에휴, 요즘 내가 단장인지 네가 단장인지 모르겠다."

이원영이 고개를 저으며 의자에 털썩 주저앉았다.

그 모습에 대한이 얼른 물 한 컵을 떠서 이원영에게 건네며
말했다.

"걱정 마십쇼. 상대가 특공여단이든 특공여단 할애비든 절
대로 지지 않겠습니다."

"하여튼 말은…… 일단 이렇게 된 이상 나도 지고 싶은 생각
은 없다. 준비 잘해 보자."

"예, 알겠습니다!"

대한은 기억을 더듬어 완벽한 대침투 작전을 위한 밑그림을
그리기 시작했다.

✳

점심 식사 후, 조용했던 회의실에는 육해공 각 군에서 우수
한 성과를 보인 부대의 장들과 대한과 같은 업무 발전 유공자들
이 가득 들어찼다.

그들은 예상대로 대위 몇 명을 제외하고는 전부 다 영관급
이었으며 각 부대에서 제일 유망한 인물들만 모여 있었는데 그

들은 모두 한곳을 바라보고 있었다.

바로 대한이었다.

'얼굴 뚫리겠네.'

시선을 느낀 대한은 진작에 눈을 내리깔고 공문을 읽었다.

지금 눈이 마주치면 어떤 질문을 받을지 몰랐으니까.

그 모습을 지켜보던 이원영이 피식 웃으며 물었다.

"뭐 하냐?"

"얼굴이 너무 뜨겁습니다."

"올해 임관한 놈이 여기 와 있으니까 당연하지. 돌아다니면서 인사라도 좀 하고 그래라."

"아는 사람이 없습니다."

"아는 사람이어야 인사하냐? 원래 이런 곳에 오면 돌아다니면서 얼굴 익히고 인맥 쌓는 거야."

이런 곳은 처음이었기에 이원영의 말에 고개를 끄덕였다.

'이 양반은 이런 자리 많이 와 봤겠지.'

대령이 되기 전까지 참 많이도 돌아다녔을 것이다.

그래서 이런 조언을 하는 것.

대한이 자리에서 일어나며 물었다.

"단장님은 인사 안 하십니까?"

"나한테는 그다지 쓸모 있는 사람들이 아닌데?"

"아……."

하긴.

여기서 이원영에게 도움이 될 만한 인물은 추지훈뿐이었다.

대한은 자신의 처지를 파악하고 바로 주변을 돌아다니기 시작했다. 그러고는 본인을 가장 많이 쳐다보았던 대령에게 다가가 말했다.

"충성! 처음 뵙겠습니다. 김대한 소위라고 합니다."

"그래, 반갑다. 네가 외부 업체 섭외해서 인성 교육 제안한 친구지?"

"예, 그렇습니다."

"안 그래도 얼굴 궁금했는데…… 그게 소위일 줄은 상상도 못 했다. 나 54사단 인사참모처장이야."

54사단 인사참모처장이라 소개를 한 우기호 대령이 대한에게 손을 내밀었다.

그리고 대한은 그가 누군지 바로 떠올릴 수 있었다.

'이 양반이 행복나눔 125운동으로 여기 온 사람이구만.'

행복나눔 125는 1일 1선, 1월 2독, 1일 5감을 시행하자는 운동이며 병사들의 인성 교육을 위해 몇 년 전부터 실시한 프로그램이었다.

그렇기에 그 누구보다 우기호가 가장 대한을 궁금해했다.

그는 행복나눔 125 같은 프로그램을 만들 정도로 병사들 인성 교육을 가장 중요시 하는 사람이었으니까.

대한이 우기호의 손을 잡으며 답했다.

"저희 부대도 행복나눔 125운동을 실천할 수 있도록 노력해 보겠습니다."

"하하, 아직도 안 하고 있었어?"

"전파는 되었는데 제가 아직 소대장이라 병사들 교육을 시키진 못했습니다."

"소대장? 이야…… 그럼 소대장이 그런 아이디어를 냈던 거였어?"

우기호는 당연히 대한이 선 참모로 인사과장직을 먼저 수행하고 있을 것이라 생각했다.

그렇지 않고서야 그런 일을 할 순 없다고 생각했으니까.

하지만 대한은 소대장이었고 대한의 말에 우기호도 그제서야 대한의 어깨에 달린 녹색견장이 보였다.

"단장님이 이 대령님?"

"예, 그렇습니다. 알고 계십니까?"

"당연하지. 직속 선밴데. 선배님!"

우기호는 이원영을 부른 뒤 대한을 손가락으로 가리켰다.

"좋으시겠습니다?"

그 제스처에 이원영은 피식 웃으며 손을 내젓는 것으로 대답을 대신했다.

우기호는 이원영에게 가볍게 인사를 한 뒤 대한에게 말했다.

"휴대폰 좀 줘 봐."

"아, 예. 여기 있습니다."

대한의 휴대폰을 받아 든 우기호가 본인의 번호를 찍어 주었다.

"어려운 일 있으면 연락해라. 이번 것처럼 좋은 아이디어가 떠올라도 연락하고. 병사들에게 좋은 거면 응당 같이 해야지."

"예, 알겠습니다. 혹시 외부 업체 불러서 인성 교육 하실 예정이십니까?"

"당연하지. 이미 우리 사단에서는 예산 편성도 끝났는데?"

크, 이렇게 실행력 있는 사람이라니.

새삼 우기호의 능력에 감탄사가 흘러나왔다.

그도 그럴 게 인사참모처장이 인사 쪽에서는 요직이라 불리고는 있었지만 사실 사단에서 받는 취급이 그렇게 좋은 편이 아니었다.

'작전에 비하면 어떤 직렬도 무시 받지.'

그런 실상을 알고 있는데도 이미 예산까지 편성 완료한 것을 보면 우기호도 보통 사람은 아니라는 것.

대한이 번호를 저장하고는 물었다.

"업체에 연락해 보셨습니까? 아직 연락 안 되셨으면 제가 연락드리라고 하겠습니다."

"교육단장이랑 이미 연락했다. 우리 소위가 뚫어 놓은 길인데 대령씩이나 돼서 차까지 태워 달라고 할 순 없지 않냐. 자넨 신선한 아이디어를 제공하는 것만으로도 충분히 잘한 거야."

그 말에 대한은 큰 감동을 느꼈다.

'밑에 사람한테 굉장히 잘하는구나. 그러니까 병사들 인성에

그렇게 신경을 쓸 수 있는 거겠지.'

좋은 자리에 일부러 시간을 내서 참석하는 이유를 알 것 같 았다.

대한이 우기호의 말에 웃으며 답했다.

"알겠습니다. 좋은 생각이 날 때마다 반드시 연락드리겠습니 다."

"그래, 기대하고 있으마."

우기호에게 경례한 대한이 이어서 다른 인물들에게 인사를 하려고 했을 때였다.

"주목해 주시기 바랍니다!"

시상식을 진행하기 위해 사회자가 마이크를 잡았고 빠르게 예행연습이 진행되었다.

대한이 자리로 돌아가 자리에 앉자 얼마 뒤, 추지훈이 회의 실로 들어왔고 바로 시상식이 진행되었다.

먼저 진행된 건 장병 정신 전력 강화 분야 우수부대의 시상 이었다.

육군에서는 211특공여단이 그 영예를 누렸다.

추지훈은 부대 표창을 전달하며 홍택수에게 손을 내밀었다.

"축하하네."

"211특공여단장!"

대한이 박수를 치자 이원영이 조용히 혼잣말을 했다.

"얼마나 애들을 혹독하게 굴렸으면 저런 상을 받냐."

"흠흠. 목소리가 너무 크신 것 같습니다."

"뭐, 내가 틀린 말 했어?"

사실 틀린 말은 아니었다.

정신력이 좋아야 강한 훈련을 버틸 수 있는 건 사실이었으니까.

'강한 훈련을 자주 하면 정신력도 좋아지겠지.'

머리가 아닌 몸이 먼저 익히게 되는 게 문제였지만.

어찌 되었든 장병들을 강하게 만드는 방법 중 하나였다.

강한 훈련에도 사고가 없었다는 건 홍택수가 훈련을 제대로 시켰다는 것.

이내 장병 정신 전력 강화 부분 시상이 끝나고 인성 교육 부분의 시상이 이어졌다.

이원영이 부대 표창을 받아 들고 자리로 복귀했고 이어서 대한의 이름이 호명되었다.

"인성 교육 부분 업무발전 유공자 표창. 소위 김대한. 위 사람은 외부 업체를 이용해 병력들에게 양질의 교육을 제공하였고 특히 새로운 시도를 통해 군의 발전에 기여함 공이 크므로 이에 표창함."

사회자의 말이 끝나기 무섭게 박수갈채가 쏟아졌고 추지훈이 미소를 잔뜩 머금은 채 대한에게 표창을 건넸다.

"축하한다. 시작이 아주 좋구나."

"소위 김대한! 감사합니다!"

"내년에도 이 자리에 있을 수 있도록 열심히 하거라."

"예, 알겠습니다!"

추지훈은 대한의 볼을 쓰다듬고는 옆으로 이동했다.

잠시 후, 시상식이 모두 끝나고 쉬는 시간을 가졌다.

이원영이 대한의 표창장을 보며 말했다.

"너 올해 표창장 몇 개나 받았냐?"

"5개 받았습니다."

"미친…… 그중에 대대장 거 제외하면 전부 장성이 준 거 아니냐?"

"장관님은 장성이 아니시지 않습니까?"

그 말에 이원영이 어이없다는 표정으로 대한을 쳐다보았다.

"……그래, 장관님이 장성은 아니시지. 너는 이제 표창은 필요 없겠다."

빈말이 아니었다.

대한이 생각해도 정말 필요 없을 것 같았다.

'사단장, 작전사 참모장, 작전사령관, 국방부장관 표창이면 소, 중위 때는 진짜 필요 없겠다.'

이 정도면 장기 심사나 진급 심사에서 자력을 확인하는 사람들도 놀랄 테지.

하지만 대한은 여기서 만족하지 않았다.

"다다익선 아니겠습니까. 열심히 모으겠습니다. 그보다 쉬는 시간인데 흡연하러 안 가십니까? 정책기획관님도 나가셨습니다."

"그래? 기획관님 나가셨으면 얼른 따라가야지."

이원영은 마침 잘되었다 싶어 자리에서 일어났고 그때 홍택수가 이원영에게 다가와 말했다.

"아직도 담배 피우냐?"

"내년에 끊을 거니까 조용히 해라."

"지키지 못할 약속은 하는 거 아니랬다, 친구야."

"피워도 뭐라 하고 안 피워도 뭐라고 할 거면 그냥 저리 가라."

"에이 뭐라 하기는. 혼자 끊지 말라고 하는 소리지."

홍택수가 피식 웃으며 품에서 담배를 꺼내 흔들어 보였다.

"뭐야, 너도 아직 안 끊었네."

"일과를 잘할 수 있는 원동력 아니겠냐."

"역시 대령 1차 진급자답구만."

"하하, 가자."

다툴 땐 언제고 다시 사이좋게 나가는 두 사람을 보며 대한이 속으로 고개를 젓는다.

※

쉬는 시간이 끝나고 곧바로 회의실에 모여 소통 간담회를 실시했다.

추지훈의 주관으로 각자 생각하는 내년의 정신 전력, 문화예술, 인성 교육 정책 방향을 논의하는 자리였다.

추지훈은 주위를 둘러보고는 웃으며 말을 시작했다.

"이렇게 훌륭한 전우들의 얼굴을 보고 있으니까 좋네요. 지금 자리를 마련한 건 다름이 아니라 여러분들의 생각들을 좀 듣고 싶어섭니다. 야전에서 근무해야만 알 수 있는 생생한 사실들을 저희같이 사무실에만 있는 사람들은 알 수가 없지 않습니까? 그러니 이 자리를 빌어 편히 말씀해 주시면 최대한 수렴하여 정책을 내놓을 수 있도록 하겠습니다."

큰 부대에서 근무한 경험이 없었던 대한은 이번 기회에 큰 부대에선 어떤 식으로 일을 하는지 간접적으로 체험해 볼 수 있었다.

'다들 열심히들 하시네.'

좋게 말하면 열심히고 쉽게 말하면 준비들이 살벌했다.

다들 이번 기회를 빌어 추지훈에게 무언가를 건의하기 위해 책상 위에 서류들을 가득히 올려놓았으니까.

추지훈이 참석자들을 한번 훑어보고는 말했다.

"제안할 것 있는 사람은 편하게 해 주시면 됩니다."

"54사단 인사참모처장입니다."

우기호가 손을 들자 추지훈이 웃으며 말했다.

"편하게 말하시게."

"감사합니다. 말씀드리기에 앞서 기획관님께서는 행복나눔 125운동을 실시해 보신 적 있으십니까?"

"해 본 적은 있지. 계속하고 있지는 않다네."

추지훈은 우기호의 질문에 정말 거짓 없이 대답해 주었고 우기호는 가볍게 고개를 숙인 뒤 말을 이었다.

"대부분의 지휘관 분들이 기획관님과 비슷한 상황이십니다. 그래서 제안드리고 싶은 것이 국방부 주관으로 전 군에 행복나눔 125 페스티벌을 여는 것이 어떻겠습니까?"

이 자리에선 정책뿐만 아니라 이런 류의 행사도 제안하고 있었다.

대한은 우기호의 제안이 괜찮다고 생각했다.

'국방부 주관이면 다른 지휘관들도 모두 참여할 수밖에 없지.'

제 2작전사령부 같은 4성급 제대도 전 군을 포함하지는 못한다.

하지만 국방부라면 작전사령관도 참여할 수밖에 없었다.

'더 이상 올라갈 곳이 없고 잘 보일 사람이 없다고는 하지만 국방부 체면은 살려 줘야 하니까.'

사령관들도 참여하는 마당에 예하부대 지휘관들이 참여 안하고 버틸 수가 있을까.

그러니 국방부 주관으로 행복나눔 125 페스티벌을 개최한다면 전 군에 활성화되는 건 시간문제였다.

추지훈도 대한과 비슷한 생각을 했는지 고개를 끄덕이며 대답했다.

"좋은 생각이야. 그건 별로 어려운 게 아니니까 조만간 공문을 내려 주겠네. 다른 사람들도 괜찮게 생각하나?"

　추지훈이 주위를 둘러보았고 다들 괜찮다는 듯 고개를 끄덕였다.

　그때, 우기호가 또 다른 제안을 했다.

"추가적으로 병력들에게 행복나눔 125 수첩을 만들어서 제공하는 것도 고려해 주셨으면 합니다."

"그것도 활성화시키기 좋은 방법이 되겠구만. 인사참모처장이 생각을 많이 해 왔어. 그나저나 그건 예산이 좀 들어갈 것 같으니 활용 방안을 좀 설명해 주면 좋겠는데?"

　그 말에 우기호가 기다렸다는 듯이 대답했다.

"예, 병력들에게 수첩을 제공해서 매일 작성한 것을 저녁점호 간 당직근무자가 확인하는 방향을 생각해 봤습니다."

　추지훈이 고개를 끄덕이며 다시 주변을 쳐다보며 물었다.

"다들 괜찮다고 생각하나?"

　조금 전과 같이 모든 참석자가 고개를 끄덕였다.

　하지만 추지훈의 시선이 멈춘 단 한 명.

　대한만 고개를 끄덕이지 않고 있었다.

　추지훈이 대한을 보며 물었다.

"김 소위는 별로야?"

그 순간, 참석자들의 눈이 모두 대한에게로 향했다.

대한은 곤란하다는 듯 주변을 살폈으나 추지훈이 웃으며 말했다.

"생각 중이었는데 말을 건 건가? 이제 생각 끝났어?"

그 물음에 대한은 잠시 고민하더니 이내 결심한 듯 대답했다.

"생각은 조금 전에 끝났습니다."

"호오, 그래? 그럼 한번 들어 볼까? 우리 김 소위는 어떤 생각을 가지고 있는지 말이야. 아, 그렇다고 너무 긴장하지는 말고. 여기 참석한 사람들은 모두가 동등한 자격을 가지고 있는 사람들이니까."

동등은 무슨.

긴장하지 말라고 긴장이 안 되는 게 어디 말처럼 쉽나.

근데 막상 입을 열려니 그냥 남들처럼 고개나 끄덕이고 있을 걸 그랬다.

큰 부대에 와서 조금이라도 더 배워 간다는 생각에 회의를 진지하게 받아들였는데 그때 하필 추지훈의 눈에 띌 줄이야.

하지만 물은 이미 엎질러졌고 이제는 대답할 수밖에 없었다.

비록 발표자가 우기호라 조금 마음이 걸렸지만 대충 하는 것보단 낫다는 생각이 들어 대한은 또렷이 대답하기 시작했다.

"제 생각에 수첩을 주는 것까지는 좋다고 생각되지만 확인하는 건 별로 좋은 생각이 아닌 것 같습니다."

그 말에 이원영은 조용히 속으로 한숨을 내쉬었다.

저 자식 저거 또 시작이네.

하지만 믿음은 굳건했다.

그렇기에 좀 전에 내쉰 한숨은 긴장을 삼키기 위한 한숨.

그 옆에 앉은 홍택수는 대한의 이런 모습이 재밌다는 듯 웃음을 삼켰고, 나머지 참석자들은 우기호의 눈치를 보느라 안절부절하기 시작했다.

물론 추지훈은 이런 상황 자체를 즐겼다.

소위의 반란처럼 보인 달까?

이어서 추지훈이 물었다.

"병사들이랑 제일 가까운 친구가 하는 이야기니까 한번 잘 들어 보자고. 그래, 이유가 뭐지?"

"인성 교육에 강제성이 있는 것은 효과가 없다고 생각하기 때문입니다."

"확인해서 불이익만 주지 않는다면 강제성이 없는 것 아닌가? 인사참모처장도 나랑 같은 생각일 거 같은데?"

"예, 맞습니다."

추지훈의 말에 우기호도 동의하자 대한이 속으로 인상을 찌푸렸다.

'이래서 높은 양반들만 데리고 일을 하면 안 된다니까.'

마음에서 우러나야 인성 교육이 되는 거지 검사한다고 하면 누가 수첩에 진심을 적을까?

대한은 잠시 고민한 끝에 답했다.

"두 분은 상급자가 과제를 내주고 그것을 확인한다고 하면 어떻게 하실 겁니까?"

"······최대한 잘해야겠지?"

"맞습니다. 상급자에게 인정을 못 받을 수는 있겠지만 군대에서 못 한다고 불이익을 받는 건 제가 알기로는 없습니다. 그렇지만 불이익이 없다고 강제성이 없다는 말은 맞지 않습니다. 그러니 정책기획관님이 말씀하신 것처럼 확인하기 시작한다면 잘해야 한다는 강박에 진심이 우러나오지 않지 않겠습니까?"

추지훈은 대한의 말에 무언가 말을 하려다 이내 입을 다물었다.

대한은 추지훈이 어떤 말을 하고 싶었는지 알 것 같았다.

'병사들이 본인들이 하는 것처럼 열심히 안 한다는 것이겠지.'

대한의 말도 일리가 있긴 하지만 이런 식으로 풀어 줘 봤자 과연 병사들이 열심히 할까?

절대 아닐 것이다.

추지훈도 그 사실을 알고 있었다.

하지만 소장씩이나 되어 병사들을 무시하는 발언을 할 순 없었다.

심지어 이런 공적인 자리에서는 더더욱.

그렇기에 대한이 얼른 뒷말을 덧붙였다.

"제가 병사들의 입장을 살짝 대변해서 말씀드려 보자면……
병사들 중 원해서 군대에 온 인원이 얼마나 되겠습니까, 다들
대한민국에서 태어났다는 이유로 국방의 의무를 수행하러 온
것 아니겠습니까?"

"계속해 봐."

"예, 그러니 이들에게 훈련은 강제할 수 있겠지만 이외의 것
들을 강제하기 시작한다면 반발심에 교육의 효과는 떨어지기만
할 것입니다. 그렇기 때문에 확인하라는 지시를 내리시면 간부
와 병사, 둘 다 피곤해지기만 하고 인성 교육의 진정한 목적을
이끌어 낼 순 없다고 생각합니다."

그 말에 모두가 침묵했다.

그리고 침묵은 금이요 긍정이라 했다.

그래서 다행이라 생각했다.

이들 중 꽉 막힌 인간이 하나라도 있었으면 진작에 반박이
들어왔을 테니까.

침묵 속에서 추지훈은 조용히 우기호를 쳐다보았고 우기호
가 고개를 끄덕인 뒤 대한을 보며 말했다.

"맞네. 내가 생각이 짧았어."

"아, 아닙니다."

우기호의 말에 대한은 깜짝 놀랐다.

이렇게 대놓고, 그리고 쉽게 인정한다고?

대한이 당황하자 추지훈이 웃음을 터뜨렸다.

"방금은 좀 소위 같았네. 그래…… 그럼 김 소위는 어떻게 하면 좋겠다고 생각하나?"

역시.

해결책도 물어볼 줄 알았다.

아까 고민한 것도 이것 때문이었다.

그렇기에 대한이 바로 대답했다.

"저는 병사들이 자율적으로 할 수 있게 동기를 부여해 주는 것이 가장 좋은 방법이라고 생각하고 있습니다."

"행복나눔 125 페스티벌로 동기부여는 충분하지 않나?"

"좋은 방법이긴 합니다만 전 군에 있는 병력들이 동기부여를 받기에는 조금 미흡하다는 생각이 듭니다."

"왜지?"

"페스티벌을 통해 동기부여를 시키신다면 분명 대회 같은 걸 열어 입상을 시키실 것 같은데 혹시 입상은 몇 등까지 생각하고 계십니까?"

"한 3등 정도?"

"전 군의 병력이 참여하는데 3명만 입상한다면 경쟁률이 너무 높다는 생각에 대부분 포기부터 할 것 같지 않습니까?"

그 말에 추지훈을 비롯한 모두의 눈이 또 다시 커졌다.

하지만 대한의 말은 아직 끝나지 않았다.

"이왕 좋은 취지로 시작하는 페스티벌이니 만큼 동기부여가 되게 뭔가 화끈한 보상이 필요할 것 같습니다."

"그래서, 몇 명이나 입상시켜 주자고?"

"1만 명 정도면 적당할 것 같습니다."

"마, 만 명?"

"예, 포상은 2박 3일 정도로 생각하고 있습니다."

만 명에게 2박 3일

유래를 찾아볼 수 없는 스케일에 추지훈은 물론 책상 앞 참석자들 전원의 입을 떡하고 벌어졌다.

대한의 발언에 이원영도 당황했다.

평소에 많이 놀랐으니 이번에는 놀랄 일이 없을 줄 알았는데 이런 미친놈을 봤나.

그러나 이내 체념했다.

그도 그럴 게 이런 상황은 그에게 아주 익숙했으니까.

'하긴 나한테 뜯어 간 휴가가 몇 갠데…… 이젠 익숙해질 때도 됐지.'

이원영의 이름으로 나가는 휴가는 3박 4일인데 그 휴가도 수시로 뿌려 대는 마당에 2박 3일짜리 1만 개 정도야.

어차피 한 부대에 전 인원이 받아 가는 것도 아니었다.

대한이 얼른 뒷설명을 보충했다.

"1만 명이라 하면 많아 보이시겠지만 전 군을 대상으로 뿌리는 휴가입니다. 게다가 무엇보다도 군 생활 잘하는 병사들에게 주는 휴가인데 전혀 아까울 이유가 없다고 생각합니다."

추지훈은 대한의 말에 잠시 고민을 하고는 입꼬리를 올렸다.

"그렇지. 전혀 아깝지 않지."

역시.

대한은 추지훈이 본인의 말에 동의해 줄 거라 생각했다.

아까 흡연장에서 봤던 눈빛에서 자신에 대한 기특함을 엿보았으니까.

추지훈이 참석자들에게 물었다.

"여기 지휘관들도 있으니까 한번 물어보겠습니다. 김 소위의 제안, 어떻게 생각합니까?"

회의를 주관하는 소장이 좋다고 하는데 감히 누가 반대를 할까?

그래도 먼저 대답하기에는 눈치가 보였는지 주변을 살폈고 그때, 가재는 게 편이라고 이원영이 가장 먼저 입을 열었다.

"좋은 생각이라고 생각합니다. 병사들이 고작 2박 3일 정도 휴가를 더 나간다고 해서 부대 운영에 문제가 생긴다면 그 지휘관들은 반성해야 할 것입니다."

역시 이원영.

반박을 할 수 없도록 확실하게 못을 박아 버렸다.

여기서 반박하면 지휘관으로서 능력이 없지 않다는 것까지 해명해야 할 터.

이원영의 지원사격에 그제서야 여기저기서 괜찮다는 대답이 튀어나왔다.

추지훈이 이원영을 향해 웃으며 말했다.

"자네는 병사들한테 휴가 많이 뿌렸겠구만?"

"아마 전 군에서 손에 꼽힐 겁니다."

"흘흘, 고생이 많았겠군."

지휘관끼리는 통한다고 이원영의 고충을 알아챈 추지훈이 이원영을 진심으로 위로한다.

이어서 추지훈이 대한에게 말했다.

"좋다, 그러면 수첩을 만들고 확인은 하지 않는다. 그리고 1만 명 입상까지 추가하면 괜찮은 계획인 것 같나?"

"예, 아주 괜찮은 계획인 것 같습니다."

"우 대령은 어떻게 생각하나?"

"김 소위 덕분에 제 계획이 확실하게 보강된 것 같습니다."

다행히 우기호는 전혀 기분 나빠하지 않았다.

오히려 대한이 본인의 계획을 수정해 준 것에 대해 고마움을 느꼈다.

대한은 우기호를 보며 가볍게 고개를 숙였고 우기호는 같이 고개를 끄덕여 주며 대한의 인사를 받아 주었다.

그 보기 좋은 모습에 추지훈이 미소를 지었다.

"오랜만에 하는 간담회인데 생각보다 좋은 자리가 된 것 같네요."

전부 다 대한이 덕분이었다.

대한이 병사들의 입장을 말한 뒤로 참석자들의 생각도 조금은 깊어진 듯했고 그렇기에 대한도 뿌듯함을 느꼈다.

'병사들한테 뭘 해 주려는 건 좋지만 이왕 할 거면 간부가 아니라 병사들 입장에서 생각해야지.'

군에서 이루어지는 모든 것들은 일단 병사들이 좋아하고 병사들이 편해야 좋은 것이다.

경험상 병사들 분위기가 좋아야 부조리나 사건 사고도 적게 발생했으니까.

'부조리 같은 것도 결국엔 제한된 환경에서 비롯된 스트레스 때문이니까.'

훈훈한 분위기가 이어졌다.

그러나 그 와중에 참석자 몇몇은 서둘러 서류 수정들을 시작했다.

대한이 내놓은 의견 때문에 자신들이 준비한 것들이 쓸모가 없어질 수도 있었으니까.

그 모습을 본 추지훈이 웃으며 말했다.

"다들 서류 수정하는 걸 보니 조금만 기다리면 제대로 된 계획들이 나오겠군. 그럼 더 이상 간담회는 필요 없겠지? 난 담배 한 대 피우고 올 테니까 수정할 인원들은 서류마저 수정해서 나한테 직접 보고하도록."

"예, 알겠습니다!"

추지훈은 자리에서 일어나 이원영을 향해 손을 까딱거렸다.

이원영은 황급히 자리에서 일어나 추지훈에게 다가갔고 추지훈이 웃으며 말했다.

"짐 싸서 나와."

"아, 아닙니다. 끝날 때까지 기다리겠습니다."

"일과 끝나기 전에 복귀는 못 해도 점호 전에는 부대 복귀해야 될 거 아냐?"

"그, 그래도……."

"방 잡아줄까? 아예 국방부로 출근할래?"

추지훈의 정색에 이원영이 얼른 대한에게 말했다.

"대한아, 짐 챙겼냐?"

"예, 빠짐없이 다 챙겼습니다."

"복귀 준비 완료했습니다. 선배님."

이원영의 빠른 태도 변화에 추지훈이 혀를 차며 말했다.

"쯧쯧, 말 좀 한 번에 들어라. 요즘 후배 놈들 중에 말을 한 번에 듣는 놈을 못 봤어 내가."

"죄송합니다."

"그렇게 죄송하라고 한 말은 아니고…… 근데 택수야 넌 안 일어나냐? 너도 그 근처잖아."

추지훈은 공적인 자리가 끝나기 무섭게 후배들을 편하게 부르기 시작했다.

추지훈의 부름에 홍택수도 어색하게 웃으며 말했다.

"전 헬기 타고 와서 괜찮습니다."

"아까 내 말이 말 같지 않았나 보네. 너 누가 헬기 사용하게 해 줬어? 내가 허락해 준 거 아니냐?"

"아, 예. 그렇습니다."

"그러면 헬기 사용 금지도 시킬 수 있다는 거 모르겠냐? 천리행군 끝나자마자 다시 천리행군 해 볼래?"

"아, 아닙니다! 동기랑 사이좋게 복귀하겠습니다!"

홍택수가 재빠르게 이원영 옆에 붙어 서자 추지훈이 한숨을 내쉬며 말했다.

"내가 분명 너네 기수들 전부 다 잘나간다고 들었는데 이게 맞냐?"

"죄송합니다."

"잘하겠습니다."

그 말에 추지훈이 쯧쯧 혀를 차며 말했다.

"담배 한 대 피우고 바로 출발해라."

"예, 알겠습니다!"

이윽고 추지훈이 두 사람을 데리고 흡연장으로 이동했다. 추지훈이 입에 담배 한 개비를 물며 물었다.

"그나저나 아까 들어 보니 이번에 혹한기 같이한다고 했다며?"

그 말에 홍택수가 크게 당황하며 이원영을 힐끔거렸다.

"드, 들으셨습니까?"

"어쩌다 들었는데 맞나 보네. 그래, 무슨 생각이냐?"

두 사람은 잠시 입을 다물더니 이내 곧 시상식 전에 있었던 일에 대해 말하기 시작했다.

물론 악수하다가 악력 논쟁에서 시작된 일이라는 건 쏙 빼놓은 채 침투와 대침투를 더욱 잘하기 위해 서로를 훈련 상대로 쓰려고 한 것이라며 애써 포장했다.

근데 그 말이 좀 조악하다.

사전에 서로 말을 맞추지 않았기 때문이다.

하지만 추지훈은 매우 흡족한 듯 감탄했다.

"역시 우리 후배들 머리 좋은 건 인정해야 해."

그 반응에 대한은 속으로 헛웃음을 터뜨렸다.

'일부러 저러는 건가? 아님 결과만 좋으면 된다는 건가?'

뭐가 됐든 추지훈은 만족했다.

추지훈의 칭찬은 계속됐다.

"난 두 사람의 의견이 참 좋다고 생각한다. 대령씩이나 됐으면 부대가 강해지기 위해 무슨 노력이든 기울여야 하는데 요즘 대령들은 그렇지가 않잖아? 있는 훈련도 부대 여건 핑계 대면서 안 하는 데 아주 훌륭해. 그래서, 훈련 일정 조율은 끝났나?"

"대략적으로만 이야기된 상태입니다. 이제 본격적으로 조율할 생각이었습니다."

"1월에 할 거지?"

"예, 그렇습니다."

추지훈의 적극적인 태도에 이원영은 갑자기 원인 모를 불안감이 스멀스멀 밀려드는 걸 느꼈다.

그리고 아니나 다를까.

"1월이면 내가 평가관으로 지원 가 줄게. 어차피 평가관은 필요할 거 아냐."

그 말에 대한이 속으로 눈을 질끈 감았다.

하.

그냥 곱게 각자 부대로 돌아갔으면 이런 사달도 없었을 텐데 괜히 유치하게 싸워 가지고는…….

'이렇게 된 이상 무조건 이겨야 한다.'

추지훈…… 아니, 국방부까지 관심을 갖는 희대의 빅 이벤트가 됐다.

그러니 이제 와서 무를 수도 없는 노릇.

물론 의욕 넘치는 추지훈에 비해 이원영과 홍택수의 얼굴은 팥죽이 됐다.

그런 속도 모른 체 추지훈의 말은 계속됐다.

"작전사에 협조는 내가 할 테니까 준비나 잘해. 어차피 작전사에선 우리 쪽에서 대신 나간다고 하면 좋아할 거야. 그리고 장관님이 강조하는 거 잘 알지?"

"작게 해도 좋으니까 최대한 실전처럼 훈련하라는 것 말씀이십니까?"

"역시, 특공. 잘 알고 있네. 출발하기 전에 장관님한테도 보고드릴 테니까 알아서 잘 준비해 봐."

추지훈은 완벽한 투기장을 만들어 주었다.

그래서일까?

위기를 기회 삼는다고 두 대령은 이번 일을 확실한 진급 밑천으로 만들기로 했다.

"일정 조율하는 대로 보고드리겠습니다."

"제대로 준비 안 하기만 해 봐. 평가고 뭐고 겨울 끝날 때까지 다시 시킬 거니까."

"예, 알겠습니다!"

이윽고 추지훈이 만족스러운 표정으로 회의실로 복귀했고 자리에 남은 이원영과 홍택수가 적이 되기 전, 마지막으로 인사를 나눴다.

"조심해서 가라."

"몸 건강하게 보자. 그리고 내일 바로 일정 조율 시작하자."

악수를 나눈 두 사람은 미련 없이 등을 돌렸다.

이원영이 주차장으로 이동하며 대한에게 물었다.

"대한아."

"예, 단장님."

"아까 들었지? 준비 잘할 수 있겠나?"

이제 와서 모른 척 잡아뗄 수도 없다.

그렇기에 대한도 최선을 다해 준비해 보기로 했다.

이번 작전으로 이원영의 진급이 달려 있었으니까.

그리고 대한은 이원영을 오래 보고 싶었다.

대한이 대답했다.

"예, 최선을 다하겠습니다!"

"그래, 그래야 너답지."

이원영이 만족스럽게 웃으며 대한의 어깨를 툭툭 친다.

✳

다음 날.

단 지휘통제실에 단과 대대의 주요직위자가 모두 모였다.

그리고 대한은 거기서 가장 핵심 인물 대우를 받고 있었다.

이유는 하나.

특공여단과의 침투전 때문이었다.

'……그렇다고 정작과장 자리에 앉힐 필요까지 있나.'

회의할 때 단장의 양옆에는 주임원사와 정작과장이 자리한다.

하지만 오늘은 대한이 정작과장 자리를 떡하니 차지하고 있었고 박희재는 대한을 보며 고개를 저었다.

"넌 밖에 내보내면 안 되겠다. 대체 뭔 짓을 하고 돌아다니길래 나갈 때마다 사고를 쳐?"

"……이번 일은 좀 억울합니다, 대대장님."

"억울하긴 개뿔이나, 단장님이랑 편먹고 홍택수 약올리다가 그렇게 됐다며?"

자초지종은 모두 들었다.

그렇기에 이번 일은 마냥 웃어넘길 수 있는 문제가 아니었다.

그도 그럴 게 아무리 대한을 믿는다고 해도 상대는 특공여단.

게다가 국방부까지 관심을 가지게 됐으니 이번 내기에서 패하면 진급은 물 건너간 것이나 마찬가지.

그때, 호랑이도 제 말하면 온다고 이원영이 등장했다.

"부대 차렷!"

"됐어. 앉아라."

"예, 알겠습니다."

이원영은 자리에 앉자마자 깊은 한숨과 함께 입을 열었다.

"다들 대충 들어 알고 있겠지만 이번 혹한기는 211특공여단과 함께하게 되었다."

그 말에 간부들이 조용히 한숨을 내쉬었다.

설마 했는데 설마가 진짜가 될 줄이야.

이원영이 이어서 물었다.

"혹시 다른 부대에서 대침투 작전을 해 본 경험이 있는 사람 있나?"

그 물음에 간부들은 주변을 살필 뿐 아무도 손을 들지 않았다.

당연한 반응이었다.

미래라면 모를까, 현재의 공병단이 대침투 작전 같은 걸 왜 준비하겠나?

그 반응들에, 이원영이 고개를 끄덕이며 말했다.

"알고는 있었지만 혹시나 해서 물어봤다. 일단 김대한 소위가 설명을 시작할 텐데 듣다가 이상한 점이 있으면 바로 질문해 주기 바란다. 대한아, 준비됐냐?"

"예, 준비됐습니다."

이원영의 명령에 대한은 목을 가다듬은 뒤 간부들을 보며 입을 열었다.

"그럼 일단 대침투 작전에 대한 개념부터 설명해 드리겠습니다."

대한의 본격적인 브리핑이 시작됐다.

그리고 간부들은 누구 하나 조는 사람 없이 손에 수첩을 들고 눈에 불을 켠 채 경청하기 시작했다.

다음 권으로 이어집니다

송장벌레 신무협 장편소설

귀신같은 창귀槍鬼가 돌아왔다,
때 묻지 않은 어린 시절의 몸으로!

피로 몸을 썻던 전장의 말단 독종
구르고 굴러 지고의 경지까지 올랐으나……

혈교의 혈겁을 막기 위한 회귀인가
의형제의 복수를 위한 회귀인가
알 수 없다
전생에서 그를 막던 모든 것을 치울 뿐

"내 의형의 가슴팍을 칼로 도려내기도 했고?"
"무, 무슨 소리야…… 그런 적 없어!"
"그런 적 있어. 기억은 안 나겠지만."

매 걸음마다 피도 눈물도 없는 전투
세상 모든 것이 그를 꺾으려 든다!

꿈의 도약, 로크에서 하십시오
(주)로크미디어에서 신인 작가를 모십니다

즐거운 세상, 로크미디어는 꿈을 사랑하고 도전을 두려워하지 않는 작가 분들의 참신한 작품을 기다리고 있습니다. 21세기 장르 문학계를 이끌어 갈 차세대 선두 주자 (주)로크미디어에서 여러분의 나래를 활짝 펴 보시길 바랍니다.

모집 분야 판타지와 무협을 포함한 장르 문학
모집 대상 아마추어 작가, 인터넷 작가
모집 기한 수시 모집

작품 접수 시 유의 사항

1. 파일명은 작가명_작품명.hwp형식을 갖춰 주십시오.
1. 파일에 들어갈 내용은 다음과 같습니다.
   - 성명(필명인 경우 실명을 밝혀 주세요), 연락처, 이메일 주소
   - 제목, 기획 의도
   - A4용지 1장 분량의 등장인물 소개
   - A4용지 2장 분량의 전체 줄거리
   - 본문
1. 작품이 인터넷에 연재되고 있다면, 게시판명과 사이트의 구체적이고 정확한 주소를 기재해 주십시오.

선택된 작품은 정식 계약 후 출판물로 간행되어 전국 서점에 유통됩니다.
작가 분은 (주)로크미디어의 전폭적인 지원하에 전속 작가로 활동하시게 됩니다.
※ 자세한 내용은 로크미디어 홈페이지(rokmedia.com)를 참조하세요.

(04167)서울시 마포구 마포대로 45 일진빌딩 6층
(주)로크미디어 편집부 신간 기획 담당자 앞
전화: 02) 3273-5135
www.rokmedia.com   이메일 : rokmedia@empas.com